働かないの

れんげ荘物語

群 ようこ

ハルキ文庫

角川春樹事務所

本書は二〇一三年八月に、小社から単行本として刊行いたしました。

働かないの

れんげ荘物語

1

四十八歳になったキョウコは、まだれんげ荘に住んでいた。他に引っ越すあてもないし、積極的に引っ越し先を探しもしなかった。貯金生活者というと、巨額の預金があるように聞こえるが、実態は月々十万円しか生活費が使えない、綱渡りの生活である。しかしキョウコはそれが楽しかった。楽しかったといっても、毎日が天国だったわけではなく、梅雨時はカビやナメクジ、夏になると蚊の大群に襲われたりと、家の中にいるのに、ほとんど野宿といってもいいくらいの、ワイルド感あふれる日々だった。

ところがれんげ荘を管理している親切な不動産屋のおじさんが、何と、窓の工事をして網戸を取り付けてくれた！　おまけについでだからと窓枠に取り付ける方式のクーラーまで。これがあったから猛暑も乗り切れたと思う。キョウコにとっては何よりもありがたかった。それによって風情のある木枠の窓ははずされて、古い古いれんげ荘としての趣は崩れてしまったが、サッシの色そのままではなく、焦げ茶色にしてくれたことで、アルミ特有のぴかぴか感が薄れた。以前は雨の日は木枠が水を吸って戸が開けづらく、晴れて湿気のない日はびっくりするくらい、スムーズに動いた。それもこの古いアパートに住む愉しみのひとつとしていたのに、実際は、快適な暮らしを喜んでしまう自分に、キョウコは我ながら呆れていた。まだまだ修行が足らないと反省しながら、網戸がついた窓がうれしくて、用事もないのに何度も開けたり閉めたりした。

三月のその日は朝から晴れていて、キョウコは天然酵母の全粒粉パンとゆで卵とサラダ、コーヒーの朝食を食べて、シーツを洗濯した。物干し場が外にあるといいのにねとクマガイさんと話していたら、まるでそれを盗み聞きしていたかのように、これもまたおじさんがキョウコとクマガイさんの窓の前の、庭とはいい難い敷地の隙間に、それぞれ一台ずつ物干し台を置いてくれた。いちいち外に出なくてはならない不便はあるが、コインランドリーの乾燥機ではなく、天日に干した洗濯物はやはり気持ちがいい。掛け布団も干せるようになったので、より湿気が飛んでいく気がした。

昼食はキャベツとアンチョビの、全粒粉のパスタだった。近くのオーガニック・ショップが閉店するので、パスタとアンチョビの瓶詰めが激安で売られていたのを買ってあったのだ。キャベツは商店街の八百屋さんの目玉商品だ。最初は月十万円で生活できるのかと心配だったが、幸い、ずっと続けられている。寒さをしのぐためのダウン入り部屋着とか、寝具を買ったりしたときは十万円をオーバーしたけれど、一年ごとの収支を計算してみたら、月十万円、年間百二十万円の枠は超えていなかった。やればできるのだ。れんげ荘に引っ越してくる前まで、つまり会社に勤めていたときに、必要最低限のものは、もちろん無職の今より多くはなるけれど、どうしてあれだけ必要なものがあったのか、不思議なくらいである。

　網戸ごしにシーツがひらひらするのを見ながら、キョウコは温かい紅茶を飲んでいた。引っ越した当初は、何もすることがないことに不安を感じ、いつも、

（これでいいの、これでいいの）

　と確認していたけれど、三年過ぎるとそんなことも思わなくなり、勤めていたのも遠い昔のようだった。紅茶を飲みながら、読んでいた庄野潤三の本を開いたり閉じたりしながら、ぼーっと空を眺めていても、罪悪感も何もなくなった。ああ、雲が流れてきたとか、カラスが鳴きながら飛んでいくなあと、いつまでもぼんやりできる。これが詩人、歌人、作家、画家ならば、作品のイマジネーションがわくかもしれないが、残念ながらキョウコの場合は、ただ、

「あー、雲が……」

　と思うだけでおわり。つくづく文才、画才がないのだなあと思うけれど、何もしないために仕事をやめ、アルバイトすらしていないのだから、職業を持っている人と比べて、自分を卑下するのはやめようと思った。

　ああ、今日もいい天気だなあと、ふっとため息をついたとたん、ぐらりと大きく畳が揺

れた。すぐに収まるだろうと思っていたら、部屋の揺れは大きくなるばかりで、アパート全体がギシギシと大きな音をたてはじめた。どんっとどこからか鈍い音も聞こえた。外に出たほうがいいかもしれないと判断したキョウコは、急いで携帯を手に部屋からとび出し、前の道路を渡ったところで、いったいどうなるのだろうと気を揉（も）みながら、周囲の家や電線が大きく揺れる光景を眺めていた。悲鳴などは全然、聞こえず、むしろ、しーんと静まりかえっているのが不気味だった。アパートの出入り口に近い部屋は若いサイトウくんが引っ越してからずっと空室。隣のクマガイさんは昼過ぎに出かけたようだった。いちばん奥の部屋の、職業が旅人のコナツさんは、また旅行にでも行ったのか、二月半ばから姿を見ていなかった。

　こんな長くて大きな地震は経験した記憶がなかった。一度、収まったかと思ったらまた揺れ出したのも恐ろしい。地震が平気なキョウコでも、心臓がどきどきしたくらいだから、苦手な人にとっては、相当な恐怖だっただろう。れんげ荘のきしむ音を聞いて、どーんと倒れてしまうかと思ったのに、倒壊しなかったのは幸いだった。ご近所を眺めてみると、住宅の窓から不安そうに外を眺めている老夫婦や、七階建てのマンションの最上階で、赤ちゃんを抱きしめている若い母親の姿が、開け放された窓から見えた。いつもは聞こえる、近所のイヌたちの鳴き声すらしなかった。とにかく空気が一瞬にして澱（よど）んだような静けさだった。

ずいぶん前、クマガイさんと彼女の行きつけの喫茶店で話をしたとき、キョウコは、れんげ荘について、

「地震が来たら、一発で潰れるっていう感じがしませんか」

といった覚えがある。その大きな地震が来てしまった。しばらくしてキョウコが中に入ろうとすると、全速力で自転車をこいでこちらにやってくる男性がいる。不動産屋のおじさんだった。

「ああっ、よかったあ。潰れてなかったーっ。もう心配になっちゃってさ。他の建物は大丈夫なんだけど、ここは潰れてるんじゃないかと思って」

おじさんは肩で息をしながら、キョウコに、

「怪我してない？　それはよかった」

とたずね、ほっとした顔をした。そしてキョウコにそこで待っているようにといい、

「急に崩れることもあるからね。ちょっと待って」

と中に入っていった。キョウコはもしかしたら、おじさんが入っていったとたんに、どっと崩れ落ちるのではないかと不安になって、

「大丈夫ですか。無理しないでください。危ないですから」

キョウコがおろおろしていると、おじさんはまるで相撲取りが鉄砲をしているかのように、アパートの壁を両手で交互に押しはじめた。その姿を見ながら、キョウコは、

（あれで危険かどうかわかるのか）

と首をかしげ、また場所を変えて鉄砲を繰り返している彼の姿を見ながら、小声で、

「気をつけてください」

と声をかけた。

しばらくすると彼は両手のほこりを払いながら、

「大丈夫そうだね。もし何か気がついたことがあったら、すぐに連絡してね」

といい、キョウコが、

「ありがとうございました」

と礼をいっている途中で、

「じゃあね」

と自転車にまたがって全速力で去っていった。

今、このアパートにいるのが自分一人だと思うと、ちょっと心細かったが、いつまでも外にいるわけにもいかないので中に入った。部屋の戸は意外にもスムーズに開き、おそるおそる中をのぞくと、室内は何も変化がなかった。というかとにかく家具類がないのだから、倒れる物もない。小さな冷蔵庫が多少、斜めになったくらいで、見た目には被害はなかった。

テレビを点けると、どの局もアナウンサーの顔がこわばり、映像は事の重大さを伝えて

いた。立ったまま呆然として画面を見ていると、メールが来た。

「大丈夫か？　こちらは全員、無事。連絡ください」

兄だった。友だちのマユちゃんからも来た。とりあえず兄一家と母が無事とわかって、安心した。彼らにこちらも無事である旨の返信を済ませ、キョウコはふーっと大きく息を吐いた。コナツさんはともかく、クマガイさんは大丈夫だろうか。電車に乗っているときだと、運が悪いと中に閉じ込められたりするので、そうなっていないか気になってきた。

キョウコは外に出たり、テレビを点けたり消したり、落ち着かずにうろうろとしていた。外には近所の人が出てきていて、お互いに、

「大丈夫だった？　驚いたわねえ」「うちの息子は会社から帰れないんじゃないかしら」などと心配している。その間にも余震があるので、そのたびにみんなは不安な顔で周囲を見渡していた。

会話の中に入れないまま、ご近所の様子をうかがっていると、駅のほうから見慣れた顔が歩いてきた。ヘアカラーをするのをやめて、白髪頭になってより格好よくなった、クマガイさんだった。キョウコは思わず、

「クマガイさん」

と叫んで手を振った。彼女も気がついて笑いながら手を振り、

「ああ、よかった。もしかしてアパートが崩れているんじゃないかと思って、気が重かっ

たのよ」

と胸に手を当てた。クマガイさんは隣町の駅前のショッピングモールにいて、そこで地震に遭った。店内には女性の叫び声がそこここで聞こえて、大騒ぎになったらしいが、たまたま二階にいたので、店員の誘導を待たずに外に出たのだという。

「あんな大きな八階建ての建物が、こんなに大きく揺れててね。私も長いこと生きてるけど、こんなに大きいのははじめてだわ。わっ、またた」

足元が揺れた。余震だ。キョウコは不動産屋のおじさんの話をした。

「私も部屋の中に入りましたけど、戸も開いたし上から何も崩れてきていないので、何とか大丈夫そうです」

「きっと木材がゆるゆるになっていて、それがクッションになって倒れなかったんじゃないの」

キョウコはクマガイさんの後に続いて中に入った。

「ちょっと緊張しちゃうわね」

クマガイさんが鍵を開け、そーっと中を覗き込んだとたん、

「あらっ」

と声を上げた。

「どうかしました？」

「タンスが倒れてるわ」

キョウコが彼女の肩越しに中を覗くと、高さが一二〇センチ、巾七〇センチほどのタンスが畳の上に突っ伏していた。地震が来たときに、どんっと音がしたのは、これが倒れる音だったのかもしれない。

「中には割れ物は入ってないから。うちも天井は崩れてないし。何とかいけそうね。でも大きい地震だったから、これから大変になるかもしれないけど。何かあったら遠慮なくいってね」

キョウコが手伝おうとするのを手で遮り、彼女は「んっ」と踏ん張ってタンスを起こした。

「クマガイさんも私でお手伝いできることがあったら。よろしくお願いします」

部屋に戻ったキョウコは、ほっとしてベッドの上に座った。テレビを点けると、アナウンサーの顔がますますこわばり、興奮していてただならぬ状況を表していた。あの都心の高層ビルにある会社に勤めている、かつての同僚たちは、どうしているだろう。地上、二十階、三十階で遭遇する地震は相当なものだろう。テレビ画面は電車が止まり、そこここで混乱が起こっている映像を映し出している。そしてそれ以降、東日本各地からはもちろん、震源地に近く津波に襲われた地域からは、胸が痛くなるような報告ばかりだった。キョウコはあまりの惨状に映像を見る気持ちがなくなり、その日からテレビを消し、ずっとラジオばかりを聞いていた。

余震は続き、そのたびにキョウコはびくっとしていたが、そのうちどうにでもなれと、思うようになった。地震直後はすべてが混乱していて、スーパーマーケットでは買い占めが起きて、清涼飲料水、ミネラルウォーター、菓子パン、トイレットペーパーなどが姿を消していた。他のものはともかく、ちょうどトイレットペーパーがなくなったところだったので、とてもあせったが、クマガイさんに話すと、

「買ったばかりだからあげる」

と二ロールくれたので、とても助かった。

地震から三か月後、旅から帰ってきたコナツさんは、キョウコたちの顔を見るなり、

「絶対にアパートは無くなってるって思ってた」

と涙ぐんだ。住人全員が崩壊すると思ったれんげ荘だが、古いながらもがんばって立ち続けてくれたのだ。

一か月ほどして、またコナツさんはいなくなった。

「本当に腰が落ち着かないお嬢ちゃんねえ。いつも動いていなくちゃ気が済まない、そういった星のもとに生まれたんだねえ」

クマガイさんは、ゴキブリ駆除のための、新しいホウ酸団子をキョウコに手渡しながら、ぽつりといった。コナツさんが自室のドアを開けたら、部屋中ぐちゃぐちゃになっていた

ので、

「これからも地震や原発事故が怖いから、日本にはなるべくいたくない」

といっていたらしい。

「部屋の物が崩れたのは、地震のせいもあるかもしれないけど、本人の整理整頓の問題もあるからね。地震うんぬんについては、私はこの歳だし、腹を括ってるけどね」

「私もそうです」

キョウコもうなずいた。甥や姪は心配だが、生きている間には、いろいろな出来事が起こる。自分で防げる災難もあれば、どうしようもない天変地異だって起こる。それでもそういった環境で生きていかなければならないのだ。

「人それぞれ、考え方は違うから、みんな好きなようにすればいいんだよ」

クマガイさんは自分の言葉を確認するかのように、何度もうなずいた。

「旅人のお嬢さんはほとんど居着かないし、また私とあなたと、ここで暮らすっていう感じかしらね」

「これからもよろしくお願いします。お団子、ありがとうございました」

「いいえ。奴らはしぶといから、こんなときでもきっと出てくるわよ。蚊からは解放されたけど。こちらこそよろしくね」

クマガイさんは手を振って部屋に入った。彼女の普段着はどこで売っているのかわからないが、いつも素敵だ。今日は綿の赤茶色の更紗柄のロングチュニックに、ベージュ色のクロップドパンツを穿いていた。足元は夏場になったらどこの靴店でも売っているような、青い鼻緒のビーチサンダルだが、その姿がとてもかっこいい。それに比べて私はと、自分でお洒落心が感じられない格好を深く反省した。長持ちするように、流行に左右されないように、と選んだ色柄のものは落ち着くけれど、見ていてつまらないし新鮮味がない。持っている服の中で素敵だなと思うのは、クマガイさんからもらった物ばかりだ。

「髪の毛も伸ばしっぱなしだしねえ」

　結べるのをいいことに、一年に一回カットして済ませていたが、どうやらそんな程度では、容貌の劣化は防げなくなってきたようだ。

「服はともかく、ヘアスタイルが何とかなってれば、何とかなるような気がする」

　確信はないが、キョウコはこれからは、こまめにカットをしようと心に決めて、古いアパートに住んでいる、古いおばさんにならないようにしなくてはと肝に銘じた。

2

世の中は震災の余波で、落ち着く様子はなかった。ラジオを聞いていると、ヒステリックになっている男性が多かった。地震、原発事故後の政府の対応に怒っているのだが、アナウンサーが声を荒らげ、ゲストの学者が反論して声が裏返ったりしている。両者とも自分の考えをいい合っている間に興奮してきて、ふだんラジオに出演している彼らとは様子が違っていた。

「偉そうに落ち着いた口ぶりだったけど、意外にヒステリックな性格だったのね」「このアナウンサー、ずいぶん、とんちんかんなことをいっているような気がするけど」「そんなに不安ばかりを煽(あお)った発言をしていいの」

キョウコはいやな気持ちになって、ラジオの音を小さくして、文庫本を手に取った。

自分は彼らの発言に対して、部外者のようにああだこうだといえるけれど、幼い子供たちがいる人たちは、どんなに不安なことだろう。さまざまな意見や考え方が出れば出るほど混乱して、何を信じていいのかわからなくなるのではないか。

キョウコはこのれんげ荘に住んだときから、自分は晩年に入ったと考えていた。一般的には、さあ、まだこれから一仕事といいたくなる年齢だけれど、これまでのような生活はしたくなかった。金輪際いやだと思った。最初は貯金を切り崩して働かない生活をしていると、うしろめたさでお尻がもぞもぞしたりしたが、今はそんなこともなくなり、どっぷり無職生活に浸っている。

無職であっても、少しでも役に立てばと、震災の募金はした。時間は有り余っているのだから、ボランティアに行けばいいのかもしれないが、キョウコはそういった気持ちにはなれなかった。何かあったときに、直情的にすぐに行動を起こせる人は、立派だなあとは思うのだけれど、キョウコはあれこれ考えて自分を納得させなければ体が動かないタイプなのだ。そしてそれは多くの場合、母親の気にいらなかった。兄の電話では、キョウコの話は震災後でさえ禁句になっているといっていた。甥や姪が、

「キョウコちゃん、大丈夫だったかな」

といううと、

「腹が立つから名前を出さないで！」

と怒鳴ったという。

それでもキョウコは悲しいとは思わなかった。仕方がない。それだけである。親子だって気の合わない性格ってあるのだ。

「きっとあの人が産んだのは、お兄ちゃん一人だけっていうことになっているのね」

世の中はどんなものかとテレビを点けてみると、何だか、「大丈夫」ばかりいう学者がたくさん出ていた。大丈夫かもしれないし、そうじゃないかもしれない。こういう人たちのことを御用学者というらしいが、テレビでは自分たちがいちばん知りたい事柄は隠されているのだろう。

「テレビ、いらないな」

震災後はほとんど観ることもしなかったので、だんだん邪魔になってきた。しかしテレビは廃棄するにもお金がかかる。捨てるのに数千円かかるのである。毎月、すべて込みで十万円生活なのに、そこから捨てるために何千円もかかるのはちょっと悲しい。

「テレビなんか持ってくるんじゃなかった」

激しく後悔した。しかし今の生活での必需品ランクでいくと、冷蔵庫は自炊をしているので手放すのはきついけれど、テレビは無くても生活ができる。

「よし、捨てよう」

キョウコは決意して、コンセントを抜いた。外から、

「わあ、このアパート、建ってた。この間の地震で絶対倒れてると思ったのに。すごいなあ。だってほら、人が住んでるよね」

という若い女性の声がした。住人ですらそう思ったのだから、他人がそう思うのは当たり前だ。

「そうなの、意外とがんばってくれたんですよ」

キョウコは小さな声でつぶやいた。

庭の物干し場で洗濯物を干していると、

「どうも、こんにちは。邪魔して悪いね」

不動産屋のおじさんが顔を出した。やっぱり心配なのか、外から何度もアパートの壁を叩（たた）いている。

「変な音もしないし、大丈夫みたいですよ」

キョウコが声をかけると、

「そうだね。大丈夫そうだね」

と屋根を見上げた。

「あのね、ちょっと相談なんだけどさ」

女性の洗濯物が翻っているからか、遠慮して彼は近寄ってこない。キョウコは、

「どうぞ、こちらへ」

と外からアパートの中へ戻り、部屋の入口の引き戸を開けた。

「あのね、隣、ずっと空いてるでしょ」

「ああそうですね。サイトウくんがいなくなってから」

「最初は、人はいれなくていいっていうことだったんだけど、空かしておくのももったいないっていう話になってさ。いいかな」

キョウコは言葉に詰まった。いいも悪いもそんな権限は自分にはない。借りたい人がいて大家さんがOKだったら、それでいいのではないだろうか。

「そうなんだけどさ。ほら、こういう建物だと、住人同士の関係がマンションなんかより

も深いでしょ。だからみんながうまくやってるのに、場を乱すような人が引っ越してくると、前からいる人に悪いじゃない」

「でも常識がある人だったら、問題はないんじゃないでしょうか。夜、大声で騒いだり、暴れたりする人は困るけど」

「そりゃあ、そうだね。わかった。クマガイさんにはこの間、ばったり会ったときに話しておいたんだけど、同じことをいってたから。奥の旅人のお嬢ちゃんはほとんどここにいないみたいだから、ま、いいか。じゃあ、新しい人が来るかもしれないから頼むね。お邪魔しました」

おじさんがアパートの前に駐めた自転車にまたがった瞬間、キョウコは、

「あの、テレビなんですけど……」

と声をかけた。処分の話をすると彼は、

「知り合いの業者に頼んでみるよ。処分費用は安くはならないけど、部屋から持っていってくれると思うよ」

といって去っていった。

「新しい人って、どんな人が来るんだろう」

キョウコのテンションがちょっと上がった。誰もが倒れてしまうと思うような古いアパートを選ぶ人だったら、基本的な気持ちが同じだろうから、誰とでもうまくやっていける

ような気がした。その直後、ただ安ければいいっていう人もいるだろうから、そんなに甘くはないなとも思い、とにかくしばらくの間、新しい隣人はキョウコのいちばんの興味の対象になった。

食材を買い出しに行こうと、隣町のオーガニック・ショップまで歩いていく途中、キョウコよりも少し年上の女性二人が、

「今は国内の野菜よりも、輸入品のほうが安心よね」

と大声で話していた。しかし店に行ってみると、ほとんどの野菜はなかった。並んでいるほんの少しの関西の野菜、米、卵、乾燥わかめなどを買って帰った。この店でもヒステリックな奥さんがいて、放射能汚染がどうのこうのと、店員を問い詰めている。店員の顔もこわばっていて、不安と緊張と苛立ち（いらだ）が彼女たちの間に満ちていた。

キョウコの生活のなかで、いちばんお金がかかるのは食費だ。オーガニックのものだとどうしても経費がかさむので、四人家族の食費とほとんど変わらなかったりする。キョウコは自分がそのほうがいいと考えているから、食材を選んでいるだけだ。長生きしたいために選んでいるわけではないので、自分が選んだものによって、たとえば具合が悪くなったとしても、それは仕方がない。自分が選べないものの結果に対しては、万事、

「仕方がない」

のである。地震は嫌だといっても、天変地異が起こるのも仕方がない、いくら長生きしたいといっても、寿命がやってくるのは仕方がない。仕方がないことを思い悩み過ぎると、そちらのほうが体によくない気がするので、

「万事、神様のいう通り」

と考える。神様というと宗教っぽくなるので、

「お天道様のいう通り」

といったほうがいいかもしれない。太陽神信仰もあるけれど、キョウコのはただ、

「太陽が照らしてくれてありがたい」

という気持ちのみである。

どんな環境になっても、ご飯が食べられて、それが体内を通過してちゃんと出てくれて、日々、暮らせればそれで十分だ。あとのことはお天道様しか知らない。自分で、ああしたい、こうしたいというのは、不正だったり納得できない事柄に対してはいわなくちゃいけないけれど、それ以外はどうでもいいじゃないかと思う。母親のように有名な会社とか、立派な家とか、そういったものに執着する人とはどうしても相容れない。だから彼女からしてみれば、娘のキョウコは「貧乏くさい我が家の恥」になるのだ。

お天道様のいう通りとつぶやきながら、キョウコは一日を過ごしていた。震災後もほとんど生活は変わらなかった。食材の調達はちょっときつくなってきたけれど、掃除、洗濯、

野菜中心の簡素な食事は変わらない。何があってもずっと淡々とした気持ちでいたい。それでも隣人のことを考えると胸が高鳴る。そんななかで不動産屋のおじさんが口を利いてくれた業者がやってきて、テレビを三千円で持っていってくれた。

やっと残暑も終わってしのぎやすくなった頃、おじさんが一人の女性を伴ってアパートにやってきた。そのときにキョウコはクマガイさんと、部屋の前で、

「やっと朝晩は涼しくなったわねえ」

などと話していた。網戸のおかげで庭のほうからは蚊は侵入しなくなったけれど、アパートの入口からは入ってくる。なので蚊取り線香を部屋の前に置いての立ち話である。いつものように、

「なるようにしか、ならない」

とうなずき合っているときに、二人がやってきたのだった。

キョウコとクマガイさんはおじさんの後ろに立っている若い女性に目が釘付けになった。とにかくおじさんよりも頭ひとつ半分背が高い。顔もとても小さくて、軽く一七五センチは超えていそうだ。

「ああ、こちらお二人が、今住んでいる方々ね。もう一人の人は旅行中」

彼がそういうと、彼女はにっこり笑って、

「こんにちは」

と頭を下げた。カラーリングをしていない黒い前髪は切れ長の目の上で切りそろえられ、長さは背中の中程までである。職業はきっとモデルだろうと、キョウコは想像した。しかしどうしてモデルさんが、なんでこのれんげ荘へと首をかしげた。

「前の人が引っ越してから、かなり日にちが経ってるから、ほこりっぽいかもしれない」

おじさんは準備万端で、高性能マスクを彼女に渡していた。そうされても彼女は嫌そうな顔ひとつせず、興味津々で部屋の中に入っていった。

「サイトウくんが出ていってから、ほったらかしでしょう。すきま風が入ってるだろうから、カビは生えてないにしても、相当荒れてると思うわよ」

クマガイさんがささやいた。隣はもう賃貸しないものとなっていたので、キョウコたちの部屋に網戸やクーラーが入ったときも、ほったらかしだったのだ。

すぐに二人が部屋から出てきた。六畳一間だから、室内を見るも見ないもない。出てきた彼女は笑っていた。

「そしてここは、シャワー室とトイレね」

「掃除する手間がはぶけていいですね。私、掃除、嫌いなんです」

「うん、そういう人にはぴったりだね」

若い女性からしたら、減点ポイントだらけの建物のはずなのに、彼女は楽しそうにしていた。

「気に入りました」

　彼女がにっこり笑うと、おじさんは、

「えっ、本当？」

　と声を上げた。

「住人は保証できるんだけど、建物は微妙でね。でもこの間の地震でも、どこも何ともならなかったからね」

　クマガイさんが声をかけると、

「はい」

　と返事をしてまた笑った。キョウコは大家さんではないが、この人に住んでもらえればいいなと思い、きっとクマガイさんも同じ気持ちなのだろうと想像した。

　二人が帰った後、クマガイさんは、

「何てスタイルがいい子なんだろう。顔がこんなに小さくて。性格もよさそうだったわね。モデルさんなんだろうけど、どうしてここを見にきたんだろうね」

　前に出した両手の人差し指を、一五センチくらいに開いた。

「そうそう、そのくらい小さかった」

　それから五分ほど、ああでもない、こうでもないと立ち話をした後、二人は解散した。クマガイさんは映画を観に、キョウコは図書館に行った。ベストセラーが七十八人待ちと貼り紙があって、びっくりしたキョウコは、棚の隅で二十年以上、誰も借りていないような大手拓次の詩集や、圓朝全集の別巻を借りて、エコバッグに入れて帰ってきた。

少し雑音が入るＦＭ放送を聞きながら、借りてきたばかりの本をめくっていると、

「ササガワさん、いる？　悪いね」

と不動産屋のおじさんの声がした。戸を開けると彼が、

「あの、さっきの女の子、借りたいっていうんだけど、別に、あの、問題ないよね」

と遠慮がちに聞いてきた。

「そんな。この間もいいましたけど、私は借りている身なので、どんな方に決まっても、とやかくいえる立場じゃないですから」

キョウコは同じ言葉を繰り返した。

「それにとても感じのいい人だったし」

いったい彼女はどういう人なのかと聞きたかったのを、ぐっとこらえた。

「そうだね。若いけどちゃんとした人だったよ。おれの気持ちからするとさ、番犬がわりに男のほうがいいかなって思ったんだけど、女の子でもいいよね。大丈夫だね、きっと。ああ、よかった、よかった」

彼は何度もうなずきながら、よっこいしょと自転車にまたがって帰っていった。夏が過ぎてから、彼はちょっと老けたような気がする。アパートがほとんど荷物置き場になって

いる、職業が旅人のコナツさんはともかく、クマガイさんとキョウコは無職なので、朝から晩までこの部屋にいる。現実問題として、マンションとは違って、明らかに住みにくい。クマガイさんにもそれなりに事情があり、キョウコにも理由があった。何かにつけてつまらない見栄(みえ)を張り、格好をつけたがる母親への当てつけもあったかもしれない。自分はとても気に入っているけれど、いざ住んでみたら、いかにも今風のお嬢さんは尻尾(しっぽ)を巻いて逃げてしまうのではと気になった。自分が好きになったこのれんげ荘を、若い彼女も気に入ってくれたらいいなと思った。

三日後から内装工事が入り、襖(ふすま)や畳が入れ替えられていた。窓にも無事網戸と簡易クーラーが取り付けられて、キョウコは他人の部屋ながら安心した。クマガイさんは、

「ドリルの音が地鳴りみたいに、うちまで響いてくるわよ。地震には踏ん張ってくれたけど、ちょっとの振動で崩れ落ちるんじゃないかって、気が気じゃなくて。考えすぎるのもいけないわね」

と笑っていた。出入りする工事の人に、

「ちょっと休んだら」

と、近くの自動販売機で缶入りコーヒーを何本か買い、りんごを剝(む)いて皿にのせて持っていってあげていた。それを見たキョウコはしまったとあせり、

「どうもすみません」

と小声で謝った。

「あら、謝る必要なんかないわよ。私が好きでやってるんだから気にしないで」

クマガイさんは病気をしてから、顔つきが柔らかくなった。本人は、

「死にかけて、やっと毒気が抜けたみたいよ」

と笑っていた。

内装工事が終わった五日後、基本的にずっと暇なクマガイさんとキョウコは、アパートの前で立ち話をしていた。といっても二人でアパートの前の道路を掃除しながらである。中のシャワールームやトイレは、相変わらず不動産屋のおじさんの娘さんが、暑くても寒くてもお掃除してくれるのが申し訳なく、せめて外側だけでもと、二人で相談してはじめたのだ。駅の周辺は若い人が集まる場所柄なので、そのせいかフライヤーが丸めて捨ててあったり、煙草(タバコ)の吸い殻が落ちていたりする。

「煙草も怖いわよね。きっと煙草の火がここに点いたら、あっという間に丸焼けになっちゃう」

クマガイさんは顔をしかめながら、吸い殻をちりとりの中に掃き入れた。腰をかがめて掃除をしているうちに、腰が痛くなった二人が、同時に、

「あー」

とうめきながら腰を伸ばして道路に目をやると、向こうから背の高い女性がやってきた。

「あら、あれ、この間の……」

間違いなくその人は引っ越してくる彼女だったが、二人の言葉はその後が続かなかった。まるでスーパーモデルのようなプロポーションの彼女は、リヤカーを引いていた。周囲の人たちは、いったいどうしたのかと、彼女の姿を眺めている。クマガイさんとキョウコが立ち尽くしていると、二人の姿がわかった彼女は、

「こんにちは」

とリヤカーを引きながら、明るい声で挨拶をして頭を下げた。髪の毛を後ろで結んでいるので、より顔が小さく見える。

「こ、こんにちは。それ、どうしたの」

目を丸くしているクマガイさんに、彼女は息をはずませながら、

「引っ越してきました」

という。リヤカーには、金属製の大きなスーツケース二個と、たたまれたちゃぶ台。大きな布の包みが二つ乗っていた。

「引っ越しって、他の荷物は？」

「あ、荷物はこれで全部です」

「これで全部？」

「はい。大きな家具は持ってないので」

彼女はにこにこしながら立っている。

「リヤカー、懐かしいわね。どうしたの？」

「近所に住んでる美大のときの友だちに借りました。手伝ってくれるっていったんですけど、私がすぐに引っ越したいっていったから、日にちが合わなくて。彼女の都合を待っていると、ひと月後になっちゃうので。彼女は鉄のオブジェを創(つく)っているので、こういうものがアトリエの庭に転がっているんです」

彼女はリヤカーを入口に駐め、あっという間に引っ越しを終えた。そして、

「じゃあ、これを返してきます」

とリヤカーを引いて、やってきた道を戻っていった。細身な体からは想像できないけれど、基礎体力があるらしい。

「頼もしいわねえ」

クマガイさんは笑っていた。

その日の夜、彼女は藍染(あいぞ)めの手ぬぐいを持って、キョウコの部屋に挨拶に来た。

「サガミチユキです。よろしくお願いします」

「チユキさんってかわいいお名前ですね」

「はい、祖父がつけてくれたんです」

キョウコは彼女の顔を見上げながら、

「何かあったら遠慮なくいってね」

と先輩面をした。

「わかりました。よろしくお願いします」

クマガイさんにも挨拶をしているのが聞こえた。とても感じがいい人なので、キョウコはうれしくなったが、それにしてもどうして彼女が、このアパートを選んだのだろうかとまた首をかしげた。

クマガイさんの提案で、相変わらずここには不在のコナツさんはともかく、挨拶がわりの会食でもしようと、駅前商店街のなかにある、いろいろな意味で怖くない鮨屋に行った。店主も優しくお財布にも優しい、カウンターとテーブル席が二つのこぢんまりとした店だという。カウンターだと話ができないから、テーブル席にしたとのことで、四人掛けの席に二対一で座り、まるでおばさん二人でチユキさんを尋問するみたいになった。テーブルには早速、つき出しが並べられた。

「私のほうで、勝手におまかせを頼んじゃったの。ごめんね」

クマガイさんの言葉に、キョウコとチユキさんは、

「とんでもないです」

と頭を下げた。

「すみません。お招きいただいて」

彼女は恐縮していた。

「いいの、気にしないで。一緒に食事をしても、ずっとべったりするっていう意味じゃないからね。お互いに困ったときは助け合うけど、深くは立ち入らないつもりだから、私たちは今までそうやってきたし、チユキさんの迷惑にはならないように気をつけるわ」

「迷惑だなんて。私、こういうことをしてもらった記憶がほとんどないので、うれしいです」

キョウコとクマガイさんの頭の中には、「自分のためにこういうことをしてもらった記憶がほとんどない」という言葉がぐるぐるとかけ巡った。

（家庭的に恵まれなかったのだろうか。寂しい思いをした子供だったのだろうか）

チユキさんが自分から口を開くまで、あれこれ聞くのも失礼だと思っている二人は、彼女の言葉の端々から、彼女の人となりを探ろうとしていた。

「引っ越してくる前は、どこに住んでいたの」

クマガイさんが聞いた。

「えーっと……」

チユキさんは箸（はし）を置いて、体を左右にねじりながら、店の入口がある壁を指さして、

「あっちのほうです」

といった。

クマガイさんとキョウコは同時に声を上げ、顔を見合わせた。

「あ、すみません。わからないですね。あの、二年くらい前に、ばか高いマンションができたでしょう。あの二十三階に住んでいたんです」

そのマンションが建つ際の騒動は、まだ実家にいて勤め人だったキョウコも新聞で見て知っていた。地元の住民と日照権の問題が延々とこじれているという話だったが、いつの間にかタワーマンションが建っていた。

「あのマンション、即日完売だったっていうじゃないの。それなのにどうして……」

「あそこの土地に家があったので、そこを立ち退いたかわりに、部屋をあてがわれただけです。私がいたのは東向きの洋室ワンルームですから。十二畳くらいの広さでしたけど」

「ワンルームでご家族で住んでたの」

今度はキョウコが聞いた。

「いいえ、一人です」

「じゃあ、その前もお一人で」

「いいえ。祖父と一緒に住んでました。祖父は表装の仕事をしていて、がんこおやじだったので、マンション建設、絶対反対だったんですが、亡くなってしまったので、私一人ではどうしようもなくて、立ち退きました」

「それは大変だったわねえ」

キョウコがつぶやくと、

「ええ、でも家はどこでもいいんです。住めれば。雨露がしのげればそれで十分です」

若いのにチユキさんはさばさばしていた。何の欠点もない外見から想像すると、流行の服に身を包んで外車に乗り、タワーマンションに住んでいるといわれても、しっくりくる。キョウコの同僚の女性には、ちっとも本人に似合っていないのに、そういった生活を目指して、他人にうらやましがられようとして、必死になっている人たちが多かった。似合わない人がそうなろうとし、似合う人がそうなろうとは考えていない。へえと思いながら黙っていると、

「図々(ずうずう)しく、ごめんなさい。失礼だけどご両親はどうなさったの」

クマガイさんの声を聞いて、キョウコは、

(ちょっと突っ込みすぎでは)

とあせったのだが、チユキさんは顔色ひとつ変えずに、

「それがわからないんです」

といった。

「わからない？」

「はい。二人とも私が小さいときに、行方をくらませました。まず父が母と私を置いて逃

げ、その後、母が男の人といなくなったそうです」

　クマガイさんとキョウコは言葉が続かなかった。お母さんは一人娘で、お父さんは表装の仕事を継ぐための入り婿としてきたが、折り合いが悪くて遁走した。おじいさんは詳しいことは話さなかったが、どうやら母親の相手の男性は会社勤めをしているらしいと、チユキさんはさらっと話した。

「じゃあ、それから一度も会ったことはないの？」

「ええ。親戚のおばさんは、置いてきた子供を無視できるわけがないから、運動会にはきっと来ていたんじゃないのなんていってましたけど。私は知りません」

「そうなの……」

「祖母が私が小学校に行く年に亡くなったので、そのときに親戚のおばさんの家で引き取るっていう話もあったらしいんですが、祖父が自分が育てるっていい張ったみたいです。でも家事ができないので、そのおかげで私は子供のときから料理が上手になりました」

　ふふっとチユキさんは笑った。卑屈にもなっていない、素直な笑顔だった。

　クマガイさんは黙って何度もうなずいていた。

　おまかせの鮨が運ばれてきた。横長の美しいたたずまいの皿に、十二個の鮨がこれまた美しく並べられていた。

「わあ、きれいですねえ」

チユキさんはうれしそうにまた笑った。いただきますと胸の前で手を合わせ、ちゃんとした箸使いで食べはじめた。おじいさんにきちんと躾けられたようだ。

「それじゃあ、そのタワーマンションは、あなたの持ち物っていうことね」

「ええ、いちおうは」

「じゃあ、どうしてあの、ボロっていっちゃなんだけど、あのアパートを選んだの」

「うーん、たしかにものすごく夜景はきれいなんです。都心の灯りがキラキラ光っていて、ずっと眺めていて飽きないくらいだったんですけれど、やっぱりこんなに高い所にいるのは、ちょっとおかしいなって感じるようになって、今は友だちの夫婦が住んでいます。いちおう私、大家なんです」

「あら、すごいわね。うらやましい」

　クマガイさんとキョウコが同時に声を上げると、

「もうちょっとまともな建物だったらいいんですけどねえ」

　チユキさんは小声になった。自分が好きで選んでタワーマンションに入居したわけではなく、土地を提供して住むところがなくなったので、仕方なくそこに住むしかなかった。

「畳の部屋がひとつもなくて洋室だし、家具がついているので、作り付けの棚やクローゼットが邪魔で、タンスすら置けないんですよ。だから全部処分して、家から持ってきた家具は、そこでもちゃぶ台ひとつだけです。フローリングにちゃぶ台ひとつ置いて、布団を敷いて寝てました。毎朝、目が覚めるたびに、『なんか変だな』とずっと感じてて、それがやっぱり変だ、絶対変だになって、一日でも早く出たくなっちゃったんです」

「あんなに高いと地震のときはすごい揺れだったんじゃないの」

「ええ、なんだかずーっと左右に揺れてました。余震が続いているときは、やっと揺れが収まったと思うとまた揺れて。ずっと船酔いしたみたいになってましたよ」

キョウコは時折、わさびで鼻をつーんとさせながら、二人の話を聞いていた。

「それじゃあ、あのアパートはあなたの理想だったのかな」

「はい。ちょっと理想より古い感じだけれど、いい感じです」

「住人は私たちと、あと奥の部屋に若いお嬢さんがいるけれど、彼女は三か月に一度くらい、こっちに帰ってくるけれど、あとは外国に行きっぱなしだから、ほとんど顔は合わさないと思うわ」

「職業が旅人っていう方ですか」

「そうそう」

「不動産屋のおじさんが真顔で、『職業が旅人だっていうんだよ』って首をかしげていたので、おかしくて」

三人は笑いながら、しばらく鮨に没頭した。小ぶりなお鮨だけど、皿全体がぴりっとひきしまった雰囲気を醸し出していて、キョウコはクマガイさんが選ぶ店は間違いがないなあと感心してしまった。

「またまた立ち入ってしまうけど、お仕事はどうなさってるの」

「仕事は……、まあアルバイトですね。学校を卒業する前から、アパレル関係でモデルまがいのお仕事をしたりはしてたんですけど、やっぱりちょっとなじめなかったですね。顔を合わせれば、そのたびに『その服どこの』ってブランドをしつこく聞かれるし、コーディネートがちょっとちぐはぐな人がいると、『何よ、あれ。変な格好』って陰でばかにするんです。それとちょっとでも太った人がいると、あんな子にお洒落なんかできるわけがないって、同じようにばかにしたり。過激なダイエットをして突然、倒れたりしたのに、それでも太るから炭水化物を摂ろうとしないんです。私はご飯を食べても太らない質なので、秘密のやせ薬を飲んでいるんじゃないかって、ものすごくしつこく聞かれました。祖父から『飯をちゃんと喰わない奴は大成しない』っていわれてたので、私にはダイエットするっていう感覚がないんです」

「まー、うらやましい」

再びクマガイさんとキョウコは声を上げた。

「でも私みたいなのが商店街に五人並んでいたら、相当驚きませんか」

チユキさんは身長一八〇センチなのだそうだ。

「驚くかもしれないわねえ。私たちとは全然違うプロポーションだから」

「人が生活しているところにいて、変っていうのはやっぱり変なんですよ。モデルが本業の人は仕方がないけれど。素人の私は毎日、何だかとても恥ずかしいです。『こんなに無駄にでかくてすみません』っていう気持ちです」

彼女のおじいさんは一八〇センチ、おばあさんは一六五センチあったという。

「昭和一桁(けた)なのに、大男、大女ですよね」

くくくっと含み笑いをした。

「そうか、それがあなたにつながっていったのね」

おばあさんは下町の生まれで、ずっと日本舞踊を習っていたのだが、芸者さんになりたくてこっそり近所の置屋(おきや)のおかあさんに相談したら、

「あんたのように大きな女はだめだよ。髪を結ったら、鴨居(かもい)にひっかかりそうだよ」

とすぐに断られたという。日本髪を結うと余計に背が高くなり、上から見下ろすような女は、お客様に対して失礼なので、はなから選択肢にないといわれたという。地方(じかた)さんならば座っているからいいのではと期待したが、どうやっても三味線が上手にならなくて断念したという。

「でも戦後、洋装になってから、スタイルがいいって、みんなに褒められてうれしがっていたそうです。それこそモデルになればいいのになんていわれて。祖父は面白くなかったようですけど」

チユキさんが若いのに落ち着いている雰囲気を漂わせているのは、おじいさん、おばあさんに育てられたからかもしれない。

最後にお店特製の、抹茶アイスクリームと栗入りアイスクリームが二個並びになっているデザートを食べて、一同、心から満足した。クマガイさんが、

「私がいい出したんだから、ここは私に任せて」

ときっぱりといったので、キョウコは恐縮しながら、ごちそうになった。三人並んで、ぶらぶらとアパートまで帰った。途中、イヌの散歩をしている人たちにたくさん出会う。

「チユキさんは、何か飼っていたことはあるの」

キョウコがたずねた。

「小学生のときはイヌがいました。迷い込んできたイヌだったんですけど、そのときにもうよぼよぼで、祖父たちも『まあ寿命が終わるまで面倒をみてやろう』なんていってたのですが、それから八年生きてました。死にそうなイヌかと思ってたら、そうじゃなかったみたいです。それ以来、何も飼っていなかったですね。動物は何でも好きなんですけれど」

最近のイヌはしつけが行き届いているせいか、散歩をしているときも、お行儀よく前を向いて歩いていて、よそ見をしているのをあまり見たことがないとキョウコが話すと、

「そうねえ。昔のイヌっていうのは、愛想がいいっていうのか、わからないけど、ちょっ

とでも他人と目が合ったり、かわいいわねなんていわれると、飛びついてきたりしたもんだけど。今はそういう子はほとんど見かけないわね。お利口さんなんだけど、ちょっとつまらないわね」

とクマガイさんがうなずいた。キョウコも、

「そうそう。ほとんどが雑種でね。茶色くて口の周りが黒くて。純血種っていったら、お金持ちが飼っている、コリーやシェパードや、スピッツくらいでしたものね」

と記憶が蘇っていた。それから、イヌが人間と一緒に室内で暮らすなんて、考えてもみなかっただの、ひんぱんに獣医さんに通う習慣もなかっただの、二人が思い出を語っている横で、チユキさんはにこにこ笑っていた。

背の高いチユキさんはどうしても目立つので、通りすがりの人の目は彼女に集中した。きっと彼らは、

（いったい、この人は何をしている人なんだろう）

と不思議に思うに違いない。そして間違いなく、

（モデルだ）

と思うだろう。そして地震で誰もが倒れていると思った、れんげ荘の住人だとは想像もしない。

（人間は、想像通りというより、はずしがあったほうが、ずっと面白いよね）

キョウコはゆっくり歩いた。明日のスケジュールを確認して、やらねばならない事柄の順番を考えなくていい生活が、幸せなのかどうかはわからない。間違いないのは確実にいつも誰かに背中をせっつかれたり、何かに追いかけられたりしている暮らしではないことだけだ。

（ああ、早く髪の毛をカットしなければ）

キョウコは、少し前を歩くクマガイさんとチユキさんの姿を眺めていた。

3

若いのに家賃収入があるチユキさんを、クマガイさんとキョウコは、陰で「お大尽」と呼んでいた。

「家賃収入で生活できるっていうのは、憧れるわよね」

クマガイさんはうらやましそうだ。

「いいですよね。私も憧れます」

「私は収入はゼロでしょう。だから目減りするばっかり」

「私もそうですよ」

「あなたはまだ若いから、アルバイトだってできるでしょう。私みたいにそろそろおばあちゃんっていわれる年齢だと、働く手立てなんて何もないもの」

「私も同じです。アルバイトやパートでも、年齢にひっかかりますもん」

「あら、そう。あなたでも？　あらー」

二人はひとしきり、お互いの収入のなさを嘆き、最後に、

「若いうえに家賃収入があるって、本当にうらやましいわねえ」

と笑いながら、部屋に入ろうとすると、チユキさんの部屋の戸が開いた。

「あ、おはようございます」

「おはようございます」

「起きるの、ちょっと遅かったですか」

部屋着の彼女は頭を搔いた。

「えっ、ああ、でも十時でしょう。若い人は寝続けられるパワーもあるから、かまわないんじゃない。それにここは寮じゃないんだから、好きな時間に起きて、好きな時間に寝ればいいのよ。おばさんは、どうも朝が早くてね。おしゃべりがうるさくて、起こしちゃったのかしら。ごめんなさい」

クマガイさんがあやまると、チユキさんは目を見開いた。

「そんなことないです。爆睡してましたから。私、いびきとか、かいてました？」

「何も聞こえてこなかったから大丈夫。そんなに気にしなくていいのよ」

キョウコが、笑うと、チユキさんは、

「ああ、そうですか、よかった」

とほっとした顔をした。

「ちょっとぐらいは平気、お互い様なんだから」

クマガイさんはそういって、

「ここで道を塞(ふさ)いでいたら、トイレにも行けないわね。じゃあ、失礼します」

と部屋に入っていった。キョウコもチユキさんに会釈をして部屋に入って戸を閉めると、トイレのドアが開く音がした。若い娘さんからみたら、とてつもなく住みにくい所なのではないか。最初はこんな生活がいいなと思っても、実際に住んでみたら、まるで野宿のような生活に、びっくり仰天した経験から、キョウコは彼女もそうなのではと心配になってきた。そしてしばらくして、はっと気がついた。なんで私はこんなに彼女に興味を持っているのだろう。彼女が困っているのなら手助けをしてあげるべきだけれど、どういう生活をしようが、何をしようが、自分とは関係ないではないか。キョウコは自分が嫌っていたようなおばさんになりつつあるのがわかって、自己嫌悪に陥った。

自分のことは無関心で、隣近所のことばかりが気になる。頼まれもしないのに首をつっこんでは引っかき回す。人のことをとやかくいう前に、自分の頭の上のハエを追えといいたくなったものだが、自分はそれと同じようなおばさんになっている。新しい住人のチユキさんが気になるのは、自分にやるべきことがないからだ。

いや、やるべきことがあるのに後回しにして、彼女の人となりを探ろうとしている。

「ああっ、ひどすぎる……」

深く反省した。何も哲学的な問題ではなくても、髪の毛を切るという優先課題があったではないか。

「情けない」

キョウコはぽつりとひとりごとをいい、ほったらかしにしていた髪の毛をカットしに行こうと決めた。

駅前は三歩歩けば美容室があるかのように、乱立している。新しい店よりも、前にカットしてもらった店がいいと思って行ったら改装中だった。とにかく意を決してカットをするつもりだったキョウコは、外から中をのぞいて、

(ここのお客さんは若い人ばかりだけれど、おばちゃんの私が入っても大丈夫だろうか。ここは昭和度が強すぎて、いまひとつかもしれない)

と判断しながら、四十代にみえる女性客がいる店に入った。

「今日はどのようにいたしましょうか」

若い男性の美容師にたずねられても、特にどうしたいとも決めていなかったので、

「カットだけお願いします。あとはおまかせします」

というしかない。すると彼はヘアデザインの本を示しながら、何パターンか選び、ショートスタイルを勧めてくれた。ショートカットは物心ついてから、したことがない。

「お似合いになりますよ」

そのひとことでキョウコは、彼がお勧めの軽やかに見えるショートカットに決めた。まず二〇センチほどばっさり切られたが、不思議なことに顔が明るく見える。

「顔のまわりに髪の毛があると、どうしても影になりますからね」

そういいながら彼は手際よくカットしていった。髪の毛はどんどん床に落ちていったが、鏡の中の自分を見ていると、これまで自分で気がついていなかった、何かうじうじしたものが、すっきりと髪の毛と共に落ちていくような気持ちになった。

　スタイリング剤をつけてセットしてもらった髪型は、カットをしただけなのに、ふわっとしていて、明るく若々しく見える。化粧気もなく伸びた髪をひっつめにしていたのとは、雲泥の差だ。すっぴんでひっつめにしている女性の姿はとても好きなのだが、あれは本人の中身がないと、ただの安楽なだらしないスタイルになりがちだ。キョウコはそれなりに自分もいけるのではないかと思っていたが、まだまだ無理だとわかった。カラーリングをやめて白髪をきゅっとひっつめにしているクマガイさんはとてもかっこいいのに、あの境

地に至るまでには、年齢差以上に積み重ねなくてはならないものがあるようだ。

「自分でいうのは何だけど、素敵ですね」

「このくらいの長さ、とってもお似合いですよ」

カットをしてくれた彼だけではなく、床に落ちた髪の毛をこまめに掃除している若い見習の女性も、にっこり笑いながらうなずいてくれている。キョウコは最近、感じなかったうれしさに包まれて店を出た。商店街を歩きながらも、つい傍らのウインドーを見て、自分の姿を確認する。ふだんは無香料のシャンプーしか使っていないので、自分が動くと香りがついてくるのがうれしい。他人から見たら、どうってことのないショートヘアのおばちゃんかもしれないが、キョウコにとっては心躍るものがあった。

ふだんはすぐ家に帰るけれど、今日は昼食を外で食べたくなって、散歩ルートの途中にある、住宅街の中にあるカフェに立ち寄った。外観が昔の画家のアトリエのような雰囲気の木造の小さな店だ。木枠のドアを開けると、初老の品のいい婦人と、顔だちがそっくりな娘さんが、おそろいの赤紫色のエプロン姿で迎えてくれた。四人掛けのテーブル席が三つと、五人がけのカウンターだけの店だが、木造で壁が漆喰(しっくい)で塗られているので、ほっと一息つける雰囲気が漂っている。壁には小さな額の油絵がこれみよがしではなく掛けられている。キョウコはミックスサンドイッチと紅茶を注文し、店内を見渡した。クマガイさんお気に入りのコーヒー店は、いかにも昔ながらの珈琲(コーヒー)店といった、渋く男性的な雰囲気だが、こちらは文化、芸術的な趣味の奥様たちが好みそうな雰囲気だ。そう思っていると、キョウコよりも少し年上の女性の四人連れがやってきた。みな手に大きな平たいバッグを持っているところをみると、お稽古事の帰りなのかもしれない。彼女たちはなじみ客のようで、店の女性たちとも、にこやかに雑談していた。

「あとちょっとなんだけどね、ひと目間違えちゃって。模様がずれてたのに気がつかなかったのよ。いやになっちゃう。老眼鏡をかけて一生懸命にやったのに」

一人の女性がバッグの中から、丸い木の輪っかがはまった布地を取りだした。

「えっ、どこ？　全然わからないけれど」

水を持ってきた初老の女性が、のぞき込んだ。

「ほらほら、ここよ、ここなの」

五人の女性の騒ぎに、ついキョウコも目を向けると、手の込んだクロスステッチが目に入った。あの細かさは相当の上級者なのではないだろうか。

「ここがひとつずれているから、全体がずれちゃったの。もう嫌になっちゃうわ」

「いわない限り、誰もわからないんだから、そのまま刺し続ければいいわよ。別に問題ないんでしょ」

「ないけど気になっちゃって」

「あなた完璧主義者だものね」

「先生も、『そのままでいいじゃない』っておっしゃったんだから、ほどくことはないわよ。そんなことをしたら布目がゆがむんじゃないの」

「そうねえ、ほどくとねえ」

「忘れるのよ。間違えたことを忘れて、これでいいんだって思えば、問題ないわよ。私なんかステッチを間違えちゃったけど、そのままにしちゃったのがいくつもあるもの」

　そういった女性が取り出したのは、これもまた豪華なフランス刺繍(ししゅう)のテーブルセンターだった。クロスステッチは小さな四角の中に×を刺し、それで模様を形作っていくけれど、彼女がしているのは、フリーハンドで描いた模様をさまざまな技法で刺繍するものだ。

「クロスステッチは素敵なんだけど、ひと目ひと目、数えなくちゃならないでしょ。だから私はこっち専門」

　目の前に広げられる美しい刺繍の布を見て、キョウコは胸を揺さぶられた。身なりもそれなりに整った、余裕のある奥様たちなのだろうが、彼女たちの手から、あんなに美しいものが作られている。キョウコは店の若い女性が運んできてくれたサンドイッチを食べるのも忘れて、いつまでもおしぼりで指先を拭(ふ)き続けていた。

　彼女たちの刺繍の話や人気俳優の舞台の話などを聞きながら、キョウコは小ぶりだけれど、ていねいに作られたサンドイッチと、香料ではない天然の香り高い紅茶を摂った。席を立ったときも、まだ彼女たちは楽しそうに話し込んでいる。きっとこれから一時間は、

ずっと話し続けるだろう。そして、

「あら、もうこんな時間？　楽しいとすぐに時間が経っちゃうわねえ」

といいながら、さようならと手を振って、それぞれの家に帰っていくのだ。

キョウコも会社に勤めているときには、たまに早く帰れる日があると、会社の同僚とレストランで会社の愚痴をいい合って、憂さを晴らしたものだった。しかし後から、その中にいた友だちだと思っていた女性が、陰で自分の悪口をいっていたとわかって、つきあいはそれっきりになってしまった。キョウコは社内で落とし物を拾い、それにローマ字で名前が記してあったので、社員名簿で調べてその男性に届けにいった。彼はごくふつうに御礼をいってくれたのだが、その姿を彼女は見ていた。悪口をいった彼女は彼が好きで積極的にアピールしていたのがうまくいかず、たまたま彼が喜んでキョウコに頭を下げているのを見て、むっとしたらしい。もちろんその前もその後も彼とは何もないし、彼女の勘違いなのに、キョウコは一方的に敵にされたのだった。

大企業だったので、毎日、彼女と顔を合わさずに済んでいたのは助かったが、表面的にはにこにこしていても、腹の中では何を考えているのかわからないものだと身にしみた出来事だった。シャンプーやスタイリング剤の香りが顔の周りに漂っているので、お洒落に手抜きをしなかった当時のいやな記憶がでてきてしまったのかもしれないと思った。

「ごちそうさまでした」

キョウコは礼をいって店を出た。カフェで目にした光景がずっと頭に残っていて、髪をカットしてすっきりとした気分が、ちょっと落ち込んだ。あのキョウコよりもちょっと年上の女性たちは、結婚し、子供を産み育て、やっと一段落して、自分の趣味を見つけて楽しんでいる。それもあんなに美しいものを作り上げている。一方、自分の今の生活は、潤いや美的なものはあるのかと我ながら首をかしげたくなる。質素、シンプルの美といえばそういえるかもしれないが、ただの貧乏暮らしではないかと自嘲すればできる生活だ。

会社に勤めているときは、同年輩の女性に比べて、もらっている給料はとても多かった。仕事上、ファッションにも気を遣い、自宅通勤で家賃分が浮くのをいいことに、そのほとんどが被服費に消えた。たしかに素材のいい服、バッグ、靴を身につけていたかもしれないが、それが日々の潤いになったり美的な毎日につながったかというとそうではなかった。そのときは時間に追いまくられて、考える暇もなかったけれど、会社をやめるときには、

「こんなひどい生活はもういやだ」

と思ったのだ。昔の被服費以下の金額で、月々生活していかなくてはならない。それを悔やんではいない。前の自分には絶対戻りたくない。でも、ふと今の生活を考えると、あまりに無味乾燥な気がしてきた。自分の楽しみがないから、チユキさんのあれこれがとても気になるのだ。

花を飾るのもいいのだけれど、活け花を習っている母を思い出すので、どうしても避け

てしまう。娘が気に入った部屋なのに、人が何人も死んでいるような部屋だ、汚いといって、きれいに掃除をしているのに、足袋の汚ればかりを気にしていた。そして地震が起きても娘の安否を心配しない。それに対しても、ひどいと怒る気にもならない。それくらいキョウコにとって母親は、気にしたくもない存在になっていた。きっと向こうもこんな意のままにならない娘がいるのを、できれば消去したいところだろう。

「それにしても、何とかしなくちゃ」

キョウコはあの、そっけないただの四角い和室を何とかしなければと考えはじめた。一人暮らしが早かった人なら、十八、九で考えることなんだろうなと、この歳になるまでぼーっと暮らしていた自分が情けなくなった。

アパートまでの帰り道、道沿いの家が急に気になりはじめた。出窓に花や人形が飾られていたり、ステンドグラスがはめ込まれていて、とてもいい雰囲気の窓もある。なかには外からよく見える窓に、本が積んであったりして、私と同じだと苦笑いするような家もあったが、どの家も住人の趣味によって、調えられていた。

れんげ荘が目の前に近づくと、キョウコは住人ではない目で、あらためてその建物を眺めた。古い木造でそこここに傷んだ箇所もあるけれど、あの地震にもめげずに、どんと建ってくれている。

「やっぱり好きなのよね」

そうつぶやきながら建物の中に入り、またその部屋の住人ではない目で、戸を開けて部屋を見た。必要最低限の物しかない、シンプルな畳敷きの部屋だ。窓に取り付けてある簡易クーラーもベッドも、完璧な和室の美を求めれば必要はないかもしれないが、住人の体調維持の観点からすれば、これから絶対に必要なものだ。ここに部屋の彩りになる、さまざまな品物を置くと想像してみる。壁掛け？　ラグ？　いっそカーペットを敷き詰め、押し入れも改造して洋室にしてみる？　シンプルな本棚でも買って上に洒落た雑貨でも飾る？　キョウコは入口にたたずんだまま、脳内であれこれ組み合わせてみたが、どれも自分のなかではNGだった。カフェから出た直後は、あまりに色とりどりの美しい刺繍を見て、気持ちが高ぶり、何とかしなくてはと考えたりもしたが、歩いているうちにそんな気持ちは収まってきて、これでいいと思うようにもなった。妙に色があると、すべてのバランスが崩れるような気がしてきた。きっとこの部屋を見た人は、おじさんが住んでいると思うだろう。

「ま、おじさんみたいなもんだし」

キョウコは苦笑いして部屋の中に入った。

「うーん、どうしよう」

キョウコは室内に入っても、ベッドの上でずーっとうなっていた。右、左と部屋を見ても、何の目の保養になるものもなく、無味乾燥だ。唯一、シンプルな窓から見える景色が、絵のつもりになっていたが、クーラーがつき、物干し場を作ってくれたおかげで、妙な生活感が出てしまった。何かひとつを得ると、何かをひとつ失うというのは本当だった。

「ラグでも敷けば感じが変わるかな」

赤やピンクという色は苦手だし、使っている毛布が青と緑のチェックなので、緑や茶の無地ならいいような気がする。しかし次の瞬間、

「ダニがわいたらどうしよう」

と思いはじめた。せっかくの畳敷きなのだから、なるべくその上にカバーをするようなことは避けたい。

「壁にポスターでも貼る？」

貼るスペースはたくさんあるけれど、いったいどんなデザインのものを貼ったらいいのだろう。中途半端に貼るよりは、いっそ何もないほうがすがすがしいではないか。

「うーん」

キョウコはラジオを点けて、ベッドの上に仰向けになった。交通情報が流れている。天井のシミを見ながら、

「あれは四つ葉のクローバーに似てるな。あそこのはムーミンみたい」

最初はそういう楽しみかたをしていたが、今はいくらシミを眺めても動くわけじゃないので、何とも感じなくなった。

「習い事でもする？」

　自分自身に聞いてみた。そうなると生活の潤いは得られるかもしれないが、経費的な問題が起こりそうだ。もうちょっと様子を見てからじゃないと、踏ん切りが付かない。カフェで見かけた女性たちの姿に、軽いショックを受けたキョウコは、落ち込んだり、いい匂いがする髪の毛がうれしくなったり、そんな繰り返しだった。

　ベッドから起きあがり、本棚がないので床に置いてある本のなかから、大手拓次詩集を手に取った。偶然開いたページから目にとびこんできたのは、「薔薇の散策」という文字だった。そこには一行ほどの薔薇の花をテーマにした短文が並んでいた。

「刺をかさね、刺をかさね、いよいよに　にほひをそだてる薔薇の花」

「ひねもすを嗟嘆する　南の色の薔薇の花」

「嗟嘆」の意味がよくわからなかったが、字面から嘆くだろうと推察し、まるで自分のようだと再び苦笑いした。花を活けると活け花師範の免状を持つ母を思い出すから避けていた。母が使わない洋花だったら、そう感じないかもしれない。花は一年中、家に欠かさず飾ってあったけれど、好き嫌いの激しい母が薔薇を使った覚えはなかった。

「そうだ、薔薇を活けよう」

　キョウコは活け花の素養など何もない。進学校に通っていた頃、母に無理やり活け花展に連れていかれて、立派な賞を受賞した作品をいくつも見たが、どこがいいのかさっぱり

わからなかった。母は作品のよさがわかるのか、

「はあー、ふーん」

と感心するような声を漏らしていた。しかし会場を出て、近くにある甘味屋に入って、二人でクリーム白玉あんみつを食べはじめたら、さきほどの活け花のどこがいいのかを教えてくれるのかと思ったら、近所の奥さんの悪口をいいはじめたのだった。

薔薇がいいと思ったとたん、キョウコは部屋にじっとしていられなくなり、また商店街まで戻っていちばん近い小さな生花店をのぞいた。そこで赤い薔薇を三本購入し、店に置いてあったシンプルな白い花瓶も買い、隣の古書店で国語の辞書も買ってきた。れんげ荘に引っ越してきた直後、突然、母がやってきて、あまりのアパートの古さに、大輪の芍薬（しゃくやく）を投げ捨てるように置いて帰っていった。花瓶もないのでとりあえずブリキのバケツに活けておいたのだが、そのまま美しい芍薬たちは、バケツの中で枯れていったのだった。花瓶に薔薇を活けてぽんと置くと、間違いなく昭和の雰囲気が高まった。自分の周囲に漂う香りと薔薇の香りとで、体がゆるんでいく。

「和室に白い花瓶に赤い薔薇って、人から見たらダサいかもしれないけどいい感じ」

私にはこれが似合っていると、キョウコは納得した。

詩集の解説によると、一八八七年、明治二十年生まれの大手拓次は大学卒業後、ライオン歯磨本舗広告部に勤めながら、詩作をしていた。会社という組織に属するのを嫌った詩

人が多いなかで、彼は数え年の四十七歳で結核で亡くなるまで、ずっと会社勤めを続けていたという。仕事は今でいうコピーライターだった。キョウコは情報もなく、思わず手にとった詩集の著者が、以前の自分の職業とちょっとからんだことに、少し驚いた。そして薔薇についての短文がずらっと並んでいたのも、納得できた。彼は薔薇がいちばん美しく感じられる文章を、書き連ねていたのに違いない。

4

薔薇の花を見ているうちに、隣室のチユキさんの姿が浮かんできた。「野菊の如(ごと)き君なりき」という映画があったが、チユキさんは野菊ではなく、明らかに洋花だった。ガーベラでもないし、チューリップとも違う。化粧っ気がなくても、カジュアルな普段着を着ていても、十分あでやかで「薔薇」のイメージにぴったりだ。それが生まれ持った雰囲気なのだろう。クマガイさんはしっかりと土の中に根を張り、風に吹かれてもそのたびにしなり、折れることなくすっくと立っている、竹がふさわしいように感じた。

「私は何かしら」

あでやかな洋花ではないのはたしかだ。かといって桜でもないし、椿でもない。自分としては梅が好きだけど、桜と同じように違う気がする。散歩ルートの途中に、毎年、決まった時期に梅まつりが開催される公園がある。そこには何本もの名前がつけられた梅の木があるのだが、昨今の気候の変化によって、梅まつりの期間にはまったく梅が咲いておらず、終了後に満開になるのを繰り返していた。満開になっている梅もかわいらしいものだが、自分のイメージとは違う。

「藤？　牡丹？　椿？　芍薬？　朝顔？」

どれもぴんとこない。そのうち他人はともかく、自分を花にたとえようとする図々しさに気がつき、キョウコは、

「髪をカットして、ちょっといい女になったつもりなんじゃないの。いったい何を考えているんだか」

と自分に突っ込んで、一人で赤面した。

今月はカットをしたので、節約しなくてはならない。キョウコはここで暮らすのを決意したとき、ある雑誌で読んだ、収入に対する支出のパーセンテージモデルを参考に、出費の目安を作っていた。月の収入は貯金を崩して引き出す十万円しかないので、出費が多くなったとしても、短期間で調整しなければ、あとあと大変なことになる。兄夫婦が気にかけてくれて、母に内緒でいただきもののお裾分けをしてくれるのもありがたい。住居費は

必ず三万円出ていくので、残高は七万円。モデルケースのパーセンテージによると、収入を一〇〇とすると、住居費は二七パーセント、食費が一七パーセント、被服費が三パーセント、交際費が三パーセントなどなど、合計できちんと一〇〇になるようになっている。しかし有機野菜を購入して、食費をひと月、一万七千円でやりくりするのは、とても無理なので、そこだけパーセンテージが跳ね上がっている。それでも通勤がないので今のところ被服費は下着の買い替えくらいで済んでいるし、幸い、年齢的に周囲に結婚するような友だちもいないし、亡くなられる方もいない。毎月、交際費を計上する必要もないので、その分を食費にまわしているような日々である。

ここに住みはじめた当初は、世の中から置き去りにされているような気持ちにもなった。外出をしても、不審な目で見られているような気がしたり、社会人としてこのように過ごしていてもいいのかと思ったこともある。しかしそれにもだんだん慣れてきて、世の中全体も不景気になってきて、安い物がいろいろと出てきたので、こういう立場でも何となく暮らしやすくはなってきた。

支出のなかでこれだけは削れない部分にはお金をかけるけれど、あとはほどほどでよい。全部にきつい縛りをかけると性格上、長続きしないのはわかっていた。自分はれんげ荘での生活に慣れ、不動産屋の親切なおじさんによって、少しずつ文化的な造りになっていくのを、惜しいと感じる心の余裕ができてきたところだった。

ある日、ご飯と野菜炒めを食べ、紅茶を飲みながらぼんやりしていると、携帯電話に着信があった。見覚えのない番号だ。

「もしかして振り込め詐欺なんじゃないの」

キョウコはピンときて無視した。月に一度、十万円を下ろすために銀行のATMに出向くと、各ブースに、

「もう、わかった！」

といいたくなるほど、振り込め詐欺に注意のポスターが貼ってある。そこに描いてある、着物姿の老婆が、両手を挙げて怒っていたり、顎に手を当てて首をかしげたりしているイラストを見ては、これだけうるさくいわなければいけないほど、悪い奴にひっかかってしまう人が多いのだなあと、あらためて感じていた。

これまでにも携帯には、

「〇〇さんが、あなたに八千万円をあげたいといっているので、至急、連絡を下さい」

といったメールがたびたび届いていた。もちろん〇〇さんも知らないし、何もしないで八千万円もらえるなんて、怪しいのも甚だしい。こんなのにひっかかるほうが変なのだと完全無視だった。多くの人がそうしていると思う。またこの手の電話かと。

キョウコは腹が立ってきた。

数日後、隣町のオーガニック・ショップで、本醸造だけどなるべく小さい瓶の醤油はな

いかと物色しているところへ、携帯電話が鳴った。反射的に電話に出てしまった直後、キョウコはひどく後悔し、あわてて店の隅に移動した。

「あの、あの、わたくし、区役所のタナカイチロウと申します。突然、大変、申し訳ございません。お電話で失礼いたします。あのう、昨日ですね、お電話したのですが、ご連絡がなかったものですから、再度、ご迷惑かと思いましたが、お電話させていただきました」

彼はやたらと下手に出てきた。キョウコの経験上、仕事の話をしていて、最初は下手に出ているくせに、話がまとまるにつれて、どんどん尊大になっていく人がたくさんいたが、彼の口ぶりから、そういうタイプではないのが、直感的にわかった。手慣れているふうではなく、どことなく不安そうにしている、振り込め詐欺の電話担当が、こんなにおどおどしているわけはないと、キョウコは、

「はあ、そうですか」

とのんびりと答えた。

「あ、そうですか。あっ、それはよかった」

彼の声は急に明るくなった。こっちは無視していたのにと思いながら、キョウコは黙っていた。

「それでですね、あのう、こちらのほうに来られるご予定などはおありでしょうか」

「こちらのほうって、どこですか」

「あ、すみません、役所です」

「用はないです」

「あー、そうですねえ。特別にはないですよねー」

いったいこの人の用事は何なのかと、キョウコが首をかしげていると、彼は、

「あのう、大変失礼なことをおうかがいしますが、ササガワ様は現在、お仕事はなさっておられますか」

と聞いてきた。ああ、それかとキョウコはうなずき、

「していません」

ときっぱりいった。

「あっ、あっ、そうですか……。あの、大変立ち入ったことをおうかがいしますが、その理由というのは……」

「働きたくないからです」

「あっ、そう……そう、ですか……」

しばらくタナカイチロウは絶句していたが、

「あの、また立ち入ったことをおうかがいしますが、今、お住まいの場所はアパートのようなのですが、たとえばお家賃などはどうされておられますか」

「貯金を引き出して遣ってますけど」

「ほほう、貯金を……」

タナカイチロウは、キョウコが話した内容を、何かに書き留めているようだ。背後からは女性の応対している声も聞こえてきて、区役所からかけているのは間違いないようだ。振り込め詐欺ではないとわかって、キョウコは少しほっとした。

「貯金を崩して生活……と……」

彼は小声で繰り返した後、再び明るい声に戻って、

「あのう、お勤めなさったことはおありですか」

と聞いてきた。キョウコは以前、警察官が住民調査をしに来たときと同じように、勤めていた大手広告代理店の名前を出し、そこをやめてからは勤めていないと説明した。タナカイチロウは、警察官と同じように、

「ほほう」

と感心したような声を出した、世の中には大会社の名前を出すと、態度が変わる人たちがいる。嫌でたまらなかった会社の名前を出すたびに、自分の印象がよくなっていくのに、キョウコはうんざりした。公務員だからといって、どうしてこんなことを、他人に話さなくてはならないのかと、キョウコはため息をついた。

「それほどの方が、どうして今、フリーターなんですか」

キョウコはむっとして、

「フリーターじゃありません。私はアルバイトもしていないし、働く気はないんです。もう会社に勤めるのは嫌なんです！」

と声を荒らげた。

「でもそんな立派な会社に入られたのですから、わたくしより能力もおありでしょうし、もったいないないですよねえ」

「そうですか？　そういうことは人それぞれが決めればいいんじゃないですか」

ふと気がつくと、店内の人々が気にしていないふうを装って、キョウコの言葉に聞き耳を立てているのがわかった。

「すみません、買い物中なので失礼します」

電話を切ろうとすると、タナカイチロウはあわてて、

「いえ、あの、実はもう少しおうかがいしたいことがありまして、またお電話させていただきたいのですが。何時くらいだったらよろしいですか」

「さあ、今日の予定はわかりません」

「あー、そうですか。それではまたあらためて、ご連絡させていただきます」

キョウコは彼の言葉が終わるやいなや電話を切り、急いで会計を済ませて逃げるように店を出た。小瓶の醬油は買えなかった。

なお世話よ」

「何よ、働かないのかとか、もったいないとか、人の生き方に文句をいわないでよ。大きなお世話よ」

アパートに戻っても怒りは収まらなかった。腹を立てながら洗濯物を取り込んでいると、

「こんにちは、今日はいいお天気でよかったわね」

とクマガイさんが窓から顔を出した。クマガイさんも同じ目に遭っているかもしれない。キョウコは区役所のタナカイチロウについて話した。

「クマガイさんもこんなことありました？」

すると彼女は大きくうなずいて、

「あったわよ。一時期うるさいくらいにここに来て帰らないの。昔はお役所の人は威張っていたからね、どうして働かないのか、働いて納税するのは国民の義務だって、説教するの。面倒くさいからそのたびに、私は莫大な遺産を食いつぶして生きてるんだから、放っておいてっていってたら、そんな人がこんなアパートに住んでていいんですか、なんていうの。あんたたちに住む場所まで指図されたくないって、大喧嘩したわ」

今は向こうもやんわり作戦を取るようだが、結局、「お前も働け」といっているのと同じなのだ。

「臨時収入があったときは、ごまかさないで申告してたけど、一年分ていっても知れてるでしょ。年金だって保険だってちゃんと払ってるんだから、文句はないはずなのに、それ

以上、払わせようとするのよねえ。あなた、年金や保険、払ってるんでしょう」

「はい。会社をやめたときに、切り替えて払ってます」

「だったらそれでいいのにねえ。でも無収入だと所得税や住民税が発生しないから、国としたら働いて、税金を払ってもらわなくちゃならないけど。このまま放っておくか、直談判をしてくるか、どっちかね。私のときはしつこくここにやってきたので、五回目のときに、臨時収入があったら、今までと同じようにちゃんと申告します。でも会社に勤める気はありませんっていったら、それから来なくなったな」

「そうですか。電話だとまたかかってくるかしら」

「きっとターゲットを決めて順番に電話してるだろうから、またかかってくるわよ。面倒くさかったら、一度、ちゃんと会って、いいたいことはいったほうがいいわよ」

「そうですか……。ありがとうございました」

キョウコは部屋に戻り、洗濯物をたたみながら、何度もため息をついた。相手は仕事なのはわかるけれど、個人の志向を尊重して欲しい。人を押しのけてのし上がりたいと考えている人もいれば、ほどほどの暮らしでよいと考える人もいれば、自分のように働きたくないという人間だっているのだ。国を潤わせてはいないかもしれないが、今のところ迷惑もかけていないはずなのだ。

携帯が鳴った。嫌な予感がして電話に出ると、やっぱりタナカイチロウだった。

「あ、あの、試しにお電話してみたらつながりました。さっきは失礼いたしました。今、よろしいですか」

キョウコは彼に聞こえるように、ため息をついた後、

「ご用件はなんでしょうか」

と静かにいった。彼はキョウコが不快感をあらわにしているのに、気付いているのかいないのか、ただひたすら明るく丁寧に、

「就職活動はどうなさっていますか」

と聞いてくる。さっきいったじゃないかと腹を立てながら、キョウコは、

「ですから、さきほど申し上げたように、働く気持ちはありませんっ」

といった。すると彼ははじめて聞いたというふうに、

「はあ、そうですか」

と驚き、何かに書き留めている様子だ。

(そのメモの五行上を見てごらん。同じことが書いてあるから)

そういいたくなるのをぐっとこらえ、キョウコが黙っていると、彼は、

「あのう、一度、お暇なときでかまいませんから、私共のほうにいらしていただけませんでしょうか。もしあれでしたら、私がうかがいますけれど」

キョウコは彼の「お暇なとき」という言葉にぐっと喉(のど)が詰まった。お暇なときだらけな

のだから、忙しいとはいえない。

「わかりました。それでは今日、これからうかがいます」

「えっ、こ、これからですか。あの、はい、はい、わかりました。それではお待ちしております」

彼が親切に自分は区役所のどこの階のどの辺りにいるかを説明してくれるのを、ふんふんと聞いていた。キョウコは鏡で全身をチェックして、すぐにアパートを出た。鬱陶しい事柄はすぐにでも解決したかった。それにしても自分がこんなに不愉快な態度を取っているのに、タナカイチロウは少しも怒ったような様子を見せないのには感心したのだった。

十五分ほど歩いて区役所に着いた。彼がいったとおり、寸分たがわぬ場所にタナカイチロウはいた。姿を現したのは小柄で、色白で剛毛短髪の二十代にみえる男性だった。

「お忙しいのに恐縮です」

彼の言葉に苦笑いをしながら、キョウコは彼の後をついて、通路の奥の仕切られたブースの椅子に座った。彼は「お忙しいのに恐縮です」を何度も繰り返し、自分が書いたメモに目をやっている。

「それでですね、えーと、あのー、就職されるお気持ちがないと……」

「ありません」

「あのう、立ち入ったことをおうかがいしますが、どこかお体が悪いとか……」

「健康です」

「あ、そうですか。それはよかったです」

彼はふんふんとうなずきながら、またメモに目を落とした。そしてそのまま何もいわなくなってしまった。沈黙に耐えられなくなったキョウコは、

「勤める気がない私に時間を割くよりも、ちゃんと就職したい方が他にもいらっしゃるでしょうから、そういった方のお手伝いをなさったほうがいいんじゃないでしょうか」

といった。

「それはお話をさせていただいて、はじめてわかることでして。まだ働ける年齢でいらっしゃるのに、何年も続けて無収入となりますと、どうしてもこちらにお名前があがってくるものですから」

「チェックされてるわけですか」

「いえ、あのそういうわけではないのですが、もしかしたらお勤めを探しておられるのに、そういうチャンスがなくて無収入でいらっしゃるのなら、こちらから何かアドバイスができるかなあと……」

「そういう方もいらっしゃるでしょうね。でも私は違うんですが」

「あー、そのようですねえ、うーん」

タナカイチロウは左手でぼりぼりと頭を掻きはじめた。キョウコが背筋を伸ばして座っ

ているのに対し、彼の背中は丸まっていった。そこへ彼の上司らしき男性が様子を見にやってきた。タナカイチロウはまるで迷子になっていた子が親を見つけたときのように目を輝かせた。

「どうもお忙しいところ、ありがとうございます」

世の中の人は本当に「忙しい」らしい。タナカイチロウはメモを上司に見せながら、小声で何ごとか話していた。話を聞いた上司はキョウコに向かって、

「たまにはアルバイト収入などもおありですよね」

と聞いた。

「いいえ、ありません。会社をやめてから働いたことはないので」

「まったくですか」

「はい」

「ふうむ」

上司も黙ってしまった。

「私は自分が好きで無職なんです。仕事を見つける気はないので、就職したい方々に時間を割いてあげてください」

隣のブースから、若い男性がリストラに遭い、短期雇用を続けているのは将来不安だという話が聞こえてきていたのだ。

「ふうむ」

上司はうなってばかりいる。所得税も住民税も払っていない人間を、どうやって払ってもらえるような立場にするか、考えているのかもしれない。

面と向かっていいたいことがいえたので、キョウコが、

「それでは私はこれで」

と席を立とうとすると、上司のほうが、

「あのう、今後の参考にしたいので、どうして働きたくないと思われたのか、教えていただけませんか」

とたずねてきた。

「もう一生分、働いたと思ったからです。朝から深夜まで、嫌なことも理不尽なことも我慢して。その分高給だったので、我慢できるだけ我慢して、お金を貯めてやめたのです。なので働く気はもうありません」

一気にまくしたてると、上司もタナカイチロウもまじめな顔で聞いていた。彼らは何もいわなかった。

「それでは私はこれで失礼します」

キョウコが一礼して帰ろうとすると、二人はエレベーターのところまで見送ってくれて、

「ご苦労様でした」

と頭を下げた。それくらいしかかける言葉もないだろうなと、キョウコは下の階に降りながら、箱の中で苦笑いをした。これで何年かは、様子伺いの電話はかかってこないだろう。ちょっと晴れ晴れした気持ちになって、ケーキのひとつも買いたくなったが、

「そうだ、緊縮財政なんだっけ」

と考え直してやめにした。アパートの部屋に戻ると、チユキさんの部屋から音楽が聞こえてきた。ピアノの音の間に小さく女性の声も聞こえてくる。ふーん、こういう曲が趣味なのかと、キョウコはそれを聞きながら花瓶の水を替えた。

チユキさんは日中、どこかに出かけているようだった。いくら家賃収入があるからといっても、若いのだから時間を持て余し、アルバイトでもしているのだろう。そう考えた後、暇な自分が新しい住人に関心を持っていることが情けなくなった。隣人のプライバシーに興味を持ったことが、恥ずかしくもあった。それよりも自分が何かしなくてはと、キョウコはぐるぐるっと両手を回したものの、とりたててすることもない。

先日、カフェで見かけたようなすばらしい刺繡（ししゅう）を見ると、自分もやってみたいなあと思う。かといって教室に入ったりはしたくない。それで仲間が増え、友だちができたりするのだろうが、キョウコは別に新しい友だちは求めていないし、第一、あのような奥様たちの中に今の身を置くのに抵抗があった。身ぎれいな奥様たちは「所属」が決まっていて、お教室に通う金銭的、時間的余裕もある。展覧会みたいなものもあって、大作を発表した

りもするのだろう。それはそれでいいけれど、そのなかに入ったときの自分が容易に想像できた。自分がチユキさんに興味を持ったのと同じように、奥様たちは自分のプライバシーを探ろうとするだろう。それについては恥じるものは何もないが、とてもじゃないけれど、彼女たちには自分の生き方は理解してもらえないだろう。

彼女たちは習い事をするのも楽しみだが、何を着ていこうかと考えるのも楽しみにしている。当たり前ではあるが、他の人からなるべく見劣りしないように、若く見えるようにと頭を使う。なかには張り合ってしまう人もいるだろう。会社に勤めているときに、女同士の「素敵な女王選手権」を嫌というほど見せられ、自分もちょっと毒されていたキョウコは、どうしても二の足を踏んでしまうのだ。いつも代わり映えしないパンツスタイルで、働かずに三万円の古すぎるアパートに住んでいる中年女。みんなに理解してもらわなくてもいいけれど、きっと話も合わないに違いない。独学でどれほどできるかわからないけれど、刺繍の本はいくらでも出ているから、それを見てやってみようかと考えた。

そうなるといつでもすぐに図書館に直行できるのが、無職の強みである。今までは手芸コーナーには足を踏み入れなかったが、刺繍に興味が出てきたおかげで、また新たな気持ちで図書館に行ける。棚の前の椅子には、赤ん坊を抱っこした若い母親三人が、ベビー服や布バッグの本を手に座っていた。今はミシンも激安価格になっているし、自分で縫う人もいるのだろうなあと、キョウコは彼女たちの姿を眺め、刺繍の棚から表紙が素敵な本を何冊か取り出した。カラーグラビアを見ると、素敵なタペストリーやテーブルセンターがたくさん掲載されている。鮮やかな色使いにうっとりし、後ろの作り方ページを見ると、あまりの細かさと色数の多さにびっくりした。おまけに刺繡のステッチの数がものすごく多く、とんでもなく難しい。小学生のときの家庭科の授業で、木綿の布に青色で六つの枠が区切られ、その中に同じ青色で線や花の絵が描いてあるものを渡された。それに従って刺繡糸で刺していくのだが、色数も赤、緑、黄の三色くらいしかなかったと思う。その布はフランス刺繡の基礎を学ぶためのもので、その六種類のステッチは基礎中の基礎だったのだ。

初心者向きの本を見てみると、単純に外郭を刺繡していくアウトラインステッチがほとんどで、キョウコは食指が動かなかった。実用的に持ち歩けるポーチやバッグは作りたくない。実用的ではない、部屋を飾るタペストリーが作りたいのだ。キョウコは上級者、もしかしたら超上級者向けの刺繡の本を何冊か借りてきた。それを部屋の中で眺めていると、あまりの美しさにうっとりした。精緻(せいち)な刺繡は一見して織物のようにみえるけれど、ボリュームが違う。また糸の色を細かく変えることによって陰影を出し、それによって立体感が出て、手芸品というより工芸品に近いものになる。

家庭科の成績は5段階評価でずっと5だったけれど、こういう作品を作れるかどうかわからない。でも刺繡のタペストリーがこの部屋にあったら、どんなに素敵かと憧(あこが)れる。薔薔薇を活けたりしたらどんなにか映えるだろう。自作のタペストリーが壁にかかっている図と、部屋の中でこつこつと刺繍をしている自分の姿が頭の中に浮かんだ。やっぱり私は奥様にまじって、紅茶とケーキを前にしながらサロンで刺繍をしているよりも、この部屋で職人のように作業をしているほうが似合いそうだ。

キョウコは何かしら周囲から情報を得ようと、いちばんこのあたりの情報を知っていそうな、高校の先生をしている友だちのマユちゃんに電話をした。一時は離婚するかもしれないといっていたが、その後は夫婦仲も落ち着いているようだ。留守電に伝言を残しておいたら、夜になって折り返し電話があった。

「久しぶりねえ。元気?」

「うん、おかげさまで。マユちゃんも変わりはない? そう、よかった。あのね、ちょっと聞きたいんだけど、刺繍ってやったことある?」

「ししゅう? 私の詩集、買ってくださいっていう、あれ?」

「違うわよ。縫う刺繍」

「ああ、あるある。ユキが小さいときに、どうしても作って欲しいっていうから、ウサギとイヌを刺繍したバッグを作ったことがあったわ。それからちょっと面白くなっちゃって、フランス刺繍で自分のポーチも作ったことがあったなあ。デパートで開かれてた有名な先生の刺繍展にも行ったことがあるし。そうそう、ユキの同級生のお母さん、サトコさんっていうんだけど、その先生に習っていたんだと思うわ」

「ああ、そう。実はね……」

キョウコはカフェで見かけた刺繍の話をし、先生に習うというのではなく、自分一人でタペストリーを作りたいのだと話した。

「いいじゃないの。時間はいっぱいあるんだから、それを有効利用しないともったいないって。あんなに毎日忙しくしていた人が、よく何もしないで今までこれたと思っていたのよ。絶対にやるべきよ」

マユちゃんはぜひにと勧めてくれたが、キョウコは自分が作りたいのは初心者向けではなく、上級者向けの作品なので、出来上がるだろうかと躊躇（ちゅうちょ）していると説明した。

「そんなの迷ってないで、やればいいじゃない。やればいつかは出来上がるわよ。やらなくちゃ何もはじまらないじゃない」

こういうところはやっぱり先生だった。マユちゃんと話していると、キョウコはいつも教えを請う生徒みたいな気分になる。

「そうねえ、やらなくちゃだめよね」

「そうよ。あなた、エベレストに登るのだってね、一歩、足を踏み出さないと、永遠に登れないのよ。近所に散歩に行くのだって同じ。対象が何であっても、自分が動かないと何も動かないわよ。できたかできなかったかっていうのは、その後の問題でしょう。それにあなたのやりたいことって、ミスしたら他人に迷惑が及ぶような、金銭を伴う仕事でも何でもないじゃない。迷っているほうがおかしいわよ。やりなさい」

　最後は命令口調になった。

「そうだよね」

　キョウコは自分の優柔不断さが恥ずかしくなった。マユちゃんは、

「すっぱり会社をやめた決断に比べれば、こんなの、ものすごーくちっちゃな問題なんじゃないの」

　と笑っている。ごもっともである。もし自分が誰かから相談されたら、同じようにいうだろう。

「わかった。決めた」

「そうそう、それがいい」

　元気よくマユちゃんは励ましてくれ、サトコさんに連絡をとって、聞いてみてあげるといった。

「ありがとう。忙しいのに悪いわね」

「平気よ。毎日、受験とか偏差値とか、そんな話ばかりだから、少しでも違う話ができるのはうれしいわ」

　電話を切ったあと、キョウコはありがたい、ありがたいと、昔話のおばあさんのように

つぶやいた。月十万円で暮らしていても、ちょっと困ったときにも、友だちがいれば何とかなるとつくづく感じた。

5

マユちゃんから電話がかかってきた。サトコさんは、今は前ほど熱心にやっておらず、道具やら布や糸が余っているのをどうしたものかと悩んでいたそうだ。娘さんから、

「ネットオークションに出せば」

といわれたのだが、やり方がよくわからないので、そのままほったらかしにしていたという。

「それをね、全部上げるっていってるけど」

「えっ、全部。それはうれしいけど……」

「針から糸から布から、布を張るための丸い輪っかも何でもあるって。スタンドもあるっていってた」

「スタンドって」

「大きなものを刺すときは、輪っかじゃ間に合わないから、スタンドに張るんだって」

「本格的ねえ」

「そうよ。本格派をめざすあなたにはぴったりよ」

「あなた、私の部屋、知ってるでしょ。六畳一間なんだから物なんか置けないんだって」

「そうか、彼女、自分の部屋の壁一面が布の棚になってるっていってたなあ。糸の収納棚もあるっていってた」

キョウコは、

「とてもじゃないけど、ここには全部、入りきらないわよ。どうしよう、せっかく下さるっていっているのに、少しでいいですっていうのも失礼だし」

とあわてた。

「そんなことないわよ。あなたの事情を説明したら、『あらー、うらやましい。私も潜むように暮らしたいって思うことがあるもの』っていってたもの。もしよければ、彼女を連れて行くから、部屋の感じを見てもらって、手持ちのなかから似合いそうなものを選んでもらうっていうのはどう？　彼女にアドバイスもしてもらえると思うけど」

キョウコは彼女の提案に同意して、二人でアパートに来てもらうことにした。母親がそれを聞いたら、

「あんな貧乏くさいボロボロの部屋に、人を呼ぶなんてみっともない。恥知らずとはこの

ことだわ」

と心から馬鹿にするだろう。でも自分が好きでこの部屋を選び、好きで住んでいるのだから関係ない。二人が来る日には、駅前のオーガニックのケーキ店で、ケーキを買ってもてなそうと考えていると、ちょっとうれしくなってきた。

五日後の日曜日、二人はやってきた。マユちゃんはキョウコを見るなり、

「髪の毛切ったの。とってもよく似合う。いいわよ」

と褒めてくれた。

「あら、そう」

自分の変化に気付いてくれる人がいるのはうれしい。サトコさんは、細身で肩の長さの髪の毛を外巻きにした、いかにもいいところの奥さん風の女性だった。でも気さくでとても感じがいい。

「あのね、マユさんがね、すっごいボロ家だから、お洒落(しゃれ)なんかしてこなくていいから、ジャージーで十分なんていうのよ」

薄ピンク色のカシミアのカーディガンに、ライトグレーのスカートを穿(は)いたサトコさんは、ベッドの上に座って笑っていた。

「すみません。お客様を招き入れるような応接セットもなくて」

「そんなもの、いらないわよ。座れればいいいんだから」

サトコさんは窓から外を見た。

「ずいぶん草が生えているのね。こんなに草の匂(にお)いを嗅(か)ぐのは久しぶりだわ。うちの実家の庭も、こんな匂いがしたもの。ままごと遊びをするのも、庭の草を取ってきて、サラダとか作ったなあ。ヘビイチゴっていうのもあって、赤い実がかわいいのよね。ああ、懐かしい匂い。部屋の中はおばあちゃんの家みたいで、安心するわ」

社交辞令ではなく、本心からいってくれているのがわかった。キョウコが淹(い)れた紅茶と、買って来たケーキもおいしいといい、帰りに買って帰ろうとまでいってくれた。ああ、よかったとキョウコがほっとしていると、サトコさんは紙ナプキンできれいに使ったフォークの先を包みながら、

「この部屋の感じだと、アジアっぽい感じのほうが素敵だと思うんだけどな」

という。

「たとえば白地とか生成(きな)りに刺すと、ヨーロッパ風になるでしょう。それはちょっと合わないかなっていう気がするのね」

「そうねえ。この部屋の貧乏くささが助長されるかもしれないわね」

マユちゃんが横から口を挟むと、

「こんな人が先生なんて、信じられないわよね」

と呆(あき)れ顔で彼女をにらみつけた。

「これは私の考えなんだけど」

　と資料用に撮影したという写真を見せてくれた。そこにはブルーや茶色の地に刺繍をした、布がたくさん写っていた。キョウコはそのうちの艶のあるトルコブルーの地に、ぼってりとした大輪の花、楚々とした花が刺繍をされた布地に目が釘付けになった。

「これ、素敵ですね」

「私もそれ、好きなの。茶色い部屋にトルコブルーの色って素敵よね。花も鮮やかな色で刺してあるけれど、和室にもぴったりだと思うの」

　横からのぞきこんだマユちゃんは、

「いいわねえ。こういうのがあると、部屋がグレードアップするわね」

　とうなずいている。

「もしもこれがいいんだったら、私のところに同じような布があるし、糸もお渡しできるわ。もしよければ布地に図案も描いて差し上げられるけど、どうしましょう」

　キョウコは一も二もなく、お願いしますと頭を下げた。

「ただ、刺繍用の布地ではないから、初心者には刺しにくいかもしれないけれど。ところどころにボリュームを持たせてあって、下刺しもしなくちゃいけないから、ちょっと大変だけど。でも布地自体に色があると、飾ったときに見栄えがするから、それなりに見えるのよね。白い布を別の色糸で刺して埋めていくこともできるけど、あれは大変だし」

どのくらいの大きさにするかと聞かれたキョウコは、じっと壁を眺めた。するとサトコさんはバッグの中からメジャーを出して、

「このくらいがいいかなあ」

とつぶやきながら、縦、横を計りはじめた。マユちゃんが、

「バスタオル、ある?」

と聞いてきた。キョウコが洗い立てのバスタオルを渡すと、二人はバスタオルを壁にだらんと垂らして、これは大きすぎるといい、半分にたたんでは、これだとちょっと小さいかもなどといいながら、

「このくらいの大きさはどうかしら」

と五〇センチ×九〇センチの大きさを示した。

「あまり小さいともったいないし、大きすぎるのも大変だから、このくらいはどうかしら。どっちが縦でも横でもいいんだけど」

最初から、ちまちましたものを作る気がないキョウコは、

「そのくらいの大きさがいいわ」

といいきった。

「これ、出来上がったら素敵になるわねえ。私も図案を描くのが楽しみだわ」

「出来上がったらの話だけどね」

またマユちゃんがふざけて割り込んできた。

「あら、やるに決まってるじゃない。ここまでサトコさんにしていただいて、できませんでしたじゃ、申し訳ないわ」

「そうよね、中年が新しいことをはじめようとすると、どこかしら後戻りできない部分を作っとかないと、ずるずるっと計画倒れになるものねえ」

たしかにその通りである。特に自分は何も制約のない毎日を過ごしているのだから、ひとつくらい後戻りできない事柄があってもいい。それが美しいものを作るということならなおさらだ。

サトコさんが、

「押しつけで申し訳ないけれど、必要なものをまとめてお送りします」

といってくれたので、キョウコはせめて送料だけでも負担するからと申し出た。

「わかりました。それでは着払いで送らせてもらいますね」

彼女とマユちゃんを駅まで送りながら、三人で歩いていると、サトコさんは「懐かしい」を連発していた。

「うちのほうは新興住宅地でしょう。似たような家がずらーっと並んでるの。全部同じだと嫌がるから、少しずつ違ってはいるんだけど、見た印象は同じなのね。景観が整っているといえばいえるんだけど、ちょっとつまらないのよね。なんだかその枠のなかにはめられている気がするの」

　それを聞いたマユちゃんは、

「だってあの一角は高級住宅地で有名なのよ。みんなあそこに住みたいって思うけど、手が出ないんだから。贅沢な悩みっていうものじゃないの」

　と道路脇の空き家の板壁を眺めた。

「そういう場所だからって、みんな幸せに暮らしてるわけじゃないのよ。離婚する夫婦はいるし、不登校になった子供はいるし、嫁姑の問題もあるし」

「それはそうねえ。でも夫婦が離婚した場合、その家族は住み続けているの？」

「うちの近所に三軒、離婚した家があるんだけど、一軒はご主人が残って、すぐに新しい奥さんが来て、一軒はご主人が出ていって、もう一軒は全員が引っ越していったわね。他にも、近くに大きなスーパーマーケットがあって、そこで顔を合わせると、その家の奥さんの悪口を住人にいう、近所のおばあちゃんがいてね。その奥さん、とってもいい人なのよ。おばあちゃんが自分を守るために、相当、嘘で盛ってる感じなんだけどねえ」

「ふーん、どこも大変ね」

「そうそう。どこにいようが、みんな大変なのよ」

　女三人でぶらぶら歩きながら、駅まで到着すると、サトコさんがケーキ店を教えて欲しいというので、キョウコは店の前まで連れていった。

「じゃ、私たちはここで。どうもありがとう。今日は楽しかったわ」

「悪かったわね。いろいろ気を遣わせて」

サトコさんとマユちゃんに礼をいわれ、キョウコは恐縮しながら駅を離れた。

あの艶のあるトルコブルーの布地に、鮮やかな赤で花弁を刺し、目がさめるような緑色で茎や葉脈を刺していって、一枚のタペストリーを作るのだと思うと、ますますあの部屋の完成度が高まりそうな気がした。そうなったら窓のところのカーテンも、同じように刺繡で作ったら素敵だな。ベッドカバーも刺繡だったら、どんなに豪華だろう。外から見たら「古」が三乗になるような木造アパートだけど、戸を開けると人の手を使って刺繡されたものが、室内にあふれている。何て贅沢なのだろう。

「ああ、素敵」

キョウコの妄想はふくらんでいた。

最初は何もないすっきりとした部屋が大好きだったけれど、最近は飾りたいと思うようになった。以前、母親は、

「自分の体から美しさがなくなっていくと、女は宝飾品や別のもので、それを補おうとする」

といっていたが、その法則なのだろうか。彼女はそういいながら指輪だの、着物だのを買っていたが、方便だけではなかったのかもしれない。キョウコはたまたま入ったカフェ

で、たまたま見かけた女性たちが持っていた刺繍の布に目を奪われた。これも何かの縁だろう。会社に勤めている頃だったら、

「あら、きれい」

で終わったかもしれないが、自分で作ってみたいと思い立ったのは、年々短く感じるとはいえ、自由に使える時間はたくさんある、こういった生活をしていたからかもしれない。

アパートに戻って、ブロッコリーとペンネのパスタと、残っていた野菜を細かく切り、少しだけベーコンをいれた具だくさんのスープを食べた。手にした器を眺めながら、ひと月の残金が少なくなると、いつもこんな料理ばかりだなと思った。ＡＴＭから引き出した直後は、ちょっと気が大きくなっているので、あれこれ食べたかった物や目新しい食材を買うけれど、次の貯金引き出しまであと三日……などとカウントダウンがはじまると、何が食べたいかよりも冷蔵庫内の在庫整理が優先される。一人暮らしをした経験がなかったので、ここに引っ越した当初は、毎日、あたふたしていた。ちゃんとした食事をしなくちゃいけないと緊張していたが、そのうちに、ふだんバランスよく食べていれば、一週間に一日か二日、偏った食事になっても、ひどいことにはならないとわかったので、神経質になるのはやめた。だいたい働いてもいないで貯金を切り崩している生活なのだから、心配性だったり神経質だったら生活していけない。

米よりも味が劣化しにくいパスタは、余った野菜をゆでたり炒めたりしてあえるとか、

ちりめんじゃこやひじきも万能ねぎや大根おろしとからめ、醤油やヴァージンオリーブオイルを垂らせば、それなりにちゃんとした一品になるのがありがたい。スープも冷蔵庫の中の、小さくなった野菜たちをまとめて具にしたものだ。本当は和食が大好きなのだが、味噌も添加物がすくないものほど、日に日に劣化が激しくなるような気がして悲しい。なので財布の中が心細くなってくると、キョウコの食事は○○料理と名前がつけられない、在庫一掃料理になるのだった。そんななかでも、いつ荷物が到着するだろうかと、胸がわくわくした。

一週間後、サトコさんから大きな荷物が届いた。宅配で送れる限度ではないかと思われる大箱を開けると、中からはトルコブルーの布が出てきた。そして箱に入ってきれいに並べられたつやつやとした刺繡糸の束。国内、国外の刺繡の本、直径の違う丸い木枠、一〇センチ角のピンクッション、小さなはさみまで、必要な物はすべて揃っていた。なかに長さが二〇センチほどの大きな虫眼鏡に、紐がむすびつけてあるものが入っていて、使い方を見てみると、その紐を首からかけて、持ち手の部分を体に固定し、手元を拡大するために使う、手芸用の拡大鏡だった。

そのうえサトコさんは、練習用にと白いハンカチの四隅に、マーガレットとクローバーの図案を二つずつ描いてくれていた。洋書を開くと、今まで見たことがない刺繡が目に飛び込んできた。普通の刺繡糸で刺した横に、リボンで刺繡を施してボリュームを出している。日本のものだと、ピンク、リボンと揃うと、ファンシーな方向に行きがちなのに、そうではなく、とても垢抜けた印象になっているのに驚かされた。微妙にグレーや濃紺が効かせ色になって、そういった効果が出ているのがわかる。

ページをめくるたびに、キョウコはセンスの問題に行き当たった。センスは全くなくはないが、特別、よくもない。特に色に関しては、ずっと色の組み合わせを楽しむようなファッションはしてこなかったし、ほとんどショップの店員さんにおまかせだったので、根本的に自分にセンスがあるかは、とても疑問なのだ。

私がまず作るべきものは、いったいどうなっているのかと布を広げると、そこにはみっちりと下絵が描いてあった。中央にどんっと三〇センチほどの赤い花弁の大きな花があって、周囲に唐草のように茎がある花がからまっている図案だ。入っていたサトコさんからの手紙には、

「まず、手慣らしに中央の赤い大きな花の周囲から刺してみてください。そして次は赤い大きな花を刺してください。もし刺してやる気がなくなったとしても、それだけでも額にいれれば、なんとか恰好がつきます。余力があれば少しずつ隣の花を刺していってください」

とメールアドレスと共に書いてあった。気持ちが萎えたときのことまで考えてもらってと、キョウコは感謝した。基礎は刺繍の本を見るようにとあり、それ以外にもPCでプリ

ントアウトした、サトコさんのマニュアルが同封してあった。本と重複するかもしれませんがと断り書きがしてあったが、技法のコツが箇条書きにしてあり、

「あまりに完璧（かんぺき）を求めすぎないように」

と書いてあった。それも大切だけど、

「えーっ」

と呆れ果てるようなものを作るのも嫌だ。おまけに今回は、サトコさんのご厚意で、二〇〇〇円足らずの送料で、布地や何百色もある糸セットや、用具をいただいてしまった。太っ腹のサトコさんのためにも、紹介してくれたマユちゃんのためにも、いちおう形になるものは作りたい。これから毎日、やるべきことができたキョウコは、これまで部屋の中になかった、何百色もの艶のある美しい刺繍糸の列を見ながら、

「がんばる」

とうなずいた。

束になっている刺繍糸から、糸を抜き取る方法は、学校の家庭科の授業で習っているので、特に問題はなかった。最初から大物を刺すのは、いくらなんでもためらわれたので、練習用のハンカチにいちばん小さな丸い木枠をはめた。ステッチの指定はなかったが、クローバーの葉は糸を平行に刺すサテンステッチ、茎はアウトラインステッチで刺してみる。まだ軽度ではあるが老眼鏡をかけ、六本撚（よ）りの最高級のエジプト綿で作られている鮮やか

な緑色の糸から、そのうちの三本を抜き取って、針に通して刺していった。そして愕然とした。

「こんなに指が、思いのままに動きにくくなっているとは……」

自分ではすいすい刺していけるつもりだったのに、目指した布のポイントに刺そうとすると、指先がぷるぷるっと動いて、ちょっとずれた場所に針先が動いてしまう。息を止めて、一、二の三で気合いをいれて針を刺すと、何とか自分が望む場所に刺せる。四つ葉のクローバーは葉の一枚一枚がハート形になっていて、図形の中心線が点線で描かれている。その中心線から左右対称になるように、角度を保ちながら外側に向かって糸を刺していく。渡っている糸が、きれいな対称を成していないと見栄えが悪い。全体が五センチ角くらいの大きさなのに、葉っぱの半分を刺しただけで、ぐったりした。肩も張ってくるし、必死に手元を見ていたせいか、目もしょぼしょぼするし、おまけに日が落ちてくると、ますます目が見えづらくなってきた。

「こんな小さな図案を刺すだけでも、こんなに大変なのに、縦五〇センチ、横九〇センチのものなんて、作れるのかしら」

一気に自信を喪失した。

「そうか、そのためにこれがあるのね」

キョウコは手芸用の拡大鏡を首から下げ、拡大鏡ごしに手元を見ると、当然だが、

「おおっ」

とびっくりするほどよく見える。これだったらできそうだと、窓のほうににじり寄り、外からの光をたよりに反対側を刺してみたが、大きくよく見えても、指先のぷるぷるは止まらないのがわかった。

「はあぁ」

首から拡大鏡を下げたキョウコは、木枠のついたハンカチを膝の上に乗せたまま放心した。やる気と体の能力が一致しない。これまで手芸なんてしてこなかったので、自分がどれだけ細かい作業ができるかなんて、考えてみたこともなかった。中学校の家庭科の授業と同じように、先生から5段階評価で5をもらえると、勝手に考えていたのだ。ところが細い針を持つ手は震えるし、すぐに目が疲れる。部屋には電気スタンドがないので、手元が暗くなったらもうおしまい。まるでおばあちゃんの時代の手仕事みたいだと思いながら、もう一度ため息をついた。

夕食の準備の少し前の時間を狙って、キョウコはサトコさんに御礼の電話をいれた。そして、自分の指が想像以上に動かない、目もかすむと訴えた。

「ああ、それはね、仕方ないですね」

あっさりいわれてしまった。

「そうだ、私、手芸用の電気スタンドは入れていなかったんですよね。ごめんなさい」

「いえ、とんでもない。そういうものもあるんですか」

「細かい仕事をするために、手芸用っていうのがあるの。夫がプラモデルを組み立てるので、持って行っちゃって。あれがあると楽かもしれないけれど、そんなに根を詰めるのも、大変でしょう」

「うちは日光頼りなので、天気が悪かったり、夕方になって日が陰ってきたりすると、部屋が暗くなるんです」

サトコさんは手芸用ではなくてもいいから、電気スタンドがあると楽かもしれないといい、荷物の中に入れてあげられなくてごめんなさいと何度もあやまるので、キョウコはかえって申し訳なかった。

「ハンカチ一枚刺繍したら、指先も慣れると思いますよ。無理をしないで、少しずつやっていったらどうですか」

キョウコは気分が少し落ち着いてきた。どうしてあんなに興奮してしまったのか、不思議なくらいだ。

「わからないことがあったら、いつでも連絡してくださいね」

そういってくれたサトコさんに礼をいって、キョウコは電話を切った。

翌日から、朝日と共に刺繍針を持つ生活がはじまった。午前中の家事が終わると、今までは本を読むかラジオを聞くか、散歩に出て外ネコとの出会いを楽しみにするか、同じようなお散歩ワンちゃんをかわいがるか、ぼーっとするしかなかった。しかしこれからは刺繡を仕上げるという目的ができた。手芸用の拡大鏡の効果は絶大で、刺したい場所にピンポイントで針を刺せるようにはなったものの、ふっと顔を上げて部屋の中に目をやると、悲しいかな急には目の焦点が合わずに、くらっとする。そのうえ肩に力が入り、前屈(まえかが)みになってくるので、背中がばきばきと音をたてている。きっと慣れている人は、疲れないような姿勢がとれるのだろうが、とにかく必死にやろうとするので、全身に力が入ってしまうのだ。

「力を抜かないといけないわね」

小さな声でつぶやいて、ぷるぷるしないようになるべく無駄な力を入れないようにすると、今度は指先からするっと刺繡針がすべり落ちる。

「そこまで力を抜かなくてもいいって」

自分に何度、突っ込んだかわからない。自分の体が思い通りに動かなくなった実感が、日々つのっていくばかりだった。

なんとかクローバーは刺し終わった。両手を伸ばして客観的に見てみたが、特別よくもなく悪くもない。次にマーガレットの花に取りかかった。直径三ミリほどの花心(かしん)の周囲に、五ミリ幅の細長い花びらが放射状に伸びている。

「中心は黄色い糸でフレンチナッツステッチがいいな。花びらは縦の中央の部分に下刺ししてふくらみを出して、上からサテンステッチにしよう」

気持ちはふくらむが、いざ刺すとなるとそう簡単にはいかない。布地や下刺しが見えないように、五ミリほどの花びらの幅に、糸幅を平行に揃えてびっしり刺すのが大変だった。思わず、「ううっ」「ああ」「あはー」「ううむ」と声が出てしまう。そしてまだ花びらを二枚しか刺していないのに、ぐったり疲れてしまうのだった。

「ササガワさん、ササガワさん」

ドアを叩(たた)くクマガイさんの声がした。

「はい」

返事をして戸を開けると、こわばった顔の彼女が立っていて、キョウコの姿を見たとたんに顔がゆるんだ。

「ああ、よかった」

「えっ、何かありましたか」

「ふだん聞こえない、うめき声が聞こえてきたから、体の具合でも悪くなったんじゃないかと思って」

「あ……、す、すみません」

キョウコは全身真っ赤になって、何度も頭を下げた。キョウコは刺繍をはじめたものの、どうしても思い通りにいかないので、つい、うめき声が出てしまったのだと詫(わ)びた。

「お隣に聞こえるような、そんなに大きな声が出ていたなんて。恥ずかしいです。本当にすみません」

「相当苦しんでいるような声だったから。びっくりしたわ」

そういわれてまた、体中から汗が噴きだしてきた。

「これなんです」

悪戦苦闘しているハンカチを見せた。

「あら、きれいにできてるじゃないの」

クマガイさんは褒めてくれたが、

「これだけで、もうくったくたなんです」

そしてこの後、タペストリーを刺すつもりなのだが、この有様ではいつできるかわからないのだと、クマガイさんに話した。

「千里の道も一歩からっていうから、ひとつずつやっていかないと、完成しないものねえ。まあ時間はいっぱいあるんだから、のんびりやればいいんじゃない。苦労した分、できたらうれしいわよ。だって自分で作ったんだもの。ちゃんと作られたものは、何十年、何百年経ってもきれいだものね。日本の織りや染めの布の端切れもそうだし、欧米のアンティークのレースや刺繍だって。五センチ角になっても、きれいで感動するわ」

そうですねとキョウコは聞いていたが、自分のはただのひまつぶしの手慰みで、こんなへたくそな状態なのだから、何十年経ったとしても、ただのボロ布としか扱われないだろうという気がしてきた。

「何か作ろうっていう気持ちが素敵じゃない。私はもう老眼だから細かい仕事ができなくて。自分の服をちょこっと直したり、ボタンを替えたりするのが精一杯よ」

「私も夕方になると目が辛(つら)くて。電気スタンドがあると、手元が明るくなっていいんですけど」

するとクマガイさんは、

「電気スタンド？　奥のお嬢さんのところにあるんじゃないの。ふだん日本にいないんだから、使ってないんじゃない。ちょっと聞いてみてあげるわ」

奥の荷物だらけの部屋に住んでいるコナツさんは職業が旅人なので、ほとんどここに住んでいないのだが、今は帰ってきているらしい。クマガイさんはすたすたと奥の部屋に歩いて行き、

「クマガイですけど」

とドアを叩くと、コナツさんが顔を出した。前にも増して日焼けしている。キョウコが会釈をすると、

「あ、こんにちは」

とにっこり笑った。

「使ってない電気スタンドないかしら。あったら貸してあげてくれないかな。私のカンでは、あなたのベッドの頭のほうの棚の、斜め上くらいにありそうな気がするんだけど」

コナツさんは噴き出しながら、

「えーっ、クマガイさん、うちの中、全部見えてるんですかあ」

といい、引っ込んだと思ったら、電球がついた旧式の電気スタンドを手に出て来た。

「いわれた通りの場所にありましたよ。すごーい」

コナツさんはクマガイさんに向かって拍手をした。

「長い間生きてるとね。このくらいのことはわかるんだよね」

クマガイさんは不敵な笑いを浮かべた。

「これ、どうぞ。返してもらわなくても大丈夫ですから」

コナツさんは電気スタンドをキョウコに手渡した。

「ありがとうございます。いただいちゃっていいのかな」

「大丈夫です。私、使わないし。自分でも何でこれがここにあったのか、よくわからないんで」

昔ながらの丸い銀色のカバーがついた、電球式のスタンドだが、これがあるだけでも助かる。

「よかった。ごめんね、せっかく久しぶりに帰ってきたのに悪かったわね」

クマガイさんも彼女に礼をいってくれた。

「大丈夫です。時差ボケでぼーっとしてただけですから」

キョウコがアパートに住んだ当初は、クマガイさんは、男出入りが多くて奔放なコナツさんに対して、いい感情を持っていなかった。クマガイさんが病気で倒れたとき、雪道を裸足(はだし)にサンダル履きで何度も転びながら、不動産屋のおじさんを呼んできてくれたのがわかってからは、コナツさんとも普通につきあうようになったのだ。一方、コナツさんのほうは、もともとこのアパートの人間関係については、気にしないというか、深く考えていないようだ。でも今回はキョウコはコナツさんに助けてもらった。

「御礼をしなくちゃいけないわね。何がいいかしら」

「えー、そんなのいいです。私がいらないものをあげたのに御礼なんて。いいです、いいです。それではさようなら」

コナツさんは照れてしまったのか、頭を何度も下げながら、一方的にいい放ってドアを閉めてしまった。

「本当にありがとねっ」

クマガイさんが閉まったドアに向かって声をかけた。ドアの向こうからは、

「はーい」

という声が聞こえた。

6

サトコさんからもコナツさんからも、親切にいただきものをしてしまったのだから、絶対にタペストリーを仕上げなければならないと心に決めた。しかし、自分の指先の動き方の鈍さといったらなかった。細かい作業がとても苦手になっている。会社に勤めているときには、どれだけクライアントからクレームがつかない仕事をするかが主だった。入社当時に比べて、体力が落ちているのも、朝、起きた瞬間にわかった。疲れが取れていないのである。それも濃いコーヒーを飲んだり、会社の近所の整体院にかけこんだり、疲労回復のビタミン注射を打ってもらったりして、なんとか体を使っていた。しかし今はそんな激務とは無関係になったはずなのに、こんなにも自分の指が、思いどおりに動いてくれないとは、想像もつかなかった。

もっと簡単にできるかと思っていた刺繡も遅々として進まない。失敗した部分の糸をほどいてまた刺すと、どうしても布目に穴が開いて、目立ってしまう。なのでなるべく一度でピンポイントの場所に刺そうとすると、ついつい慎重になる。無意識のうちに両肩にも力が入っているらしく、葉っぱ一枚刺しただけで、ぐったり疲れる。ぐるぐると肩をまわしてみても、ちょっとやそっとじゃほぐれない。左手で右肩を押してみると、近年にないほど筋が張っている。今度は右手で左肩を押すと、こっちも右に負けないほど筋張っている。針を持っている右手はともかく、補助的にしか使っていない左側まで凝るのかと首をかしげたが、とにかく無意識のうちに、上半身に力を入れていたらしい。

背中をかがめて息も止めているような状態で刺し続け、布地からふと目を上げると、室内の景色がかすんでみえる。何度かまばたきをし、目の周りを指圧した後、ぼーっと部屋の窓から外を眺める。青い空に薄い雲が浮かんでいて、見ていると体がほぐれていきそうな気がしたが、実はそれは気のせいで、いくら青い空を見ても、力が入りまくっているキョウコの体はほぐれることがなかった。

家事と日課の散歩以外にはやることがないので、一日の大半は刺繍との格闘だった。目の前にある、たくさんの美しい糸が、一瞬にして布に刺され、あっという間に出来上がればいいのに、キョウコの作業は、ひと針、ひと針、二ミリ、三ミリといった長さで糸を刺していく地道な作業だ。

「あの人たちは、どれだけの日数をかけて、刺繍を仕上げたのだろうか」

カフェで見かけたマダムたちの刺繍も、びっしりと刺されたすばらしいものだった。きっと彼女たちには家族もいて、彼らのために家事をやり、趣味として刺繍をしているのだろう。キョウコは自分は彼女たちの何倍も時間があるのに、どうして集中できないのだろうかと情けなくなった。

　ああ、また、自分を責める癖が出てきたとキョウコはため息をついた。仕事をしているとき、企画が停滞したとき、また結果的にうまく運ばなかったとき、キョウコはいつも自分を責めていた。

「あのとき、あのようないい方をしなければ、先方の考え方も変わったのでは」

「上司の指示を無視して、もう少し自分の考えを押し通したら、もっといい結果になったかもしれない」

　そのたびに家のベッドの中で悶々(もんもん)とした。なかには明らかに本人のミスなのに、平気で他人のせいにする人間もたくさんいて、キョウコはそういう人たちが、ある意味でうらやましかった。きっと彼らは自分に降りかかった非難の原因を、全部他人のせいにするからストレスも溜(た)まらないはずなのだ。会社をやめてから、久しく自分のそんな性格は忘れていたが、自分がやりたいと思ってはじめた刺繍で、また自分を責めるようになるとは想像もしていなかった。

「考えてみれば、やっている人間は変わらないんだから、やっている事柄が思うように進まなくなったら、そういう気持ちになるかもしれないわね」

　キョウコは二センチ足らずの葉っぱ二枚分を刺した布に目を落とした。

気分転換に散歩に出ようと、キョウコはミニタオルとティッシュペーパーを入れただけの小さなバッグを持って外に出た。財布をバッグに入れないのは、無駄な買い物を避けるためである。買い物に出たときよりも、散歩に出たときのほうが、通りすがりの店に欲しい物が並んでいるような気がするのはなぜなのだろうか。貯金生活をはじめた当初は、そんな誘惑に負けてしまい、小腹がすいたのを理由に、クッキーを一袋買ってしまったり、外国製のかわいい小さなチョコレートを買ったりしていたが、家に帰ってそれを食べながら、

「私は本当にこれが食べたかったのか？」

と思うと、そうでもなかった。それに気付いてから、散歩のときに財布を持つのはやめたのだ。お金を家に置いておくのは不用心だという人もいるが、あんな古いアパートから何かを盗もうとする泥棒なんていないだろう。カードも退社時に解約したので持っていない。常に現金払いというのは、すっきりしてよい。払ったような払わないような、一瞬、ただでもらったような気がするカード支払いは、貯金生活者にとっては、悪魔のささやきである。

カードで物を買う人は、現金で買う人よりも、二割から三割、消費する金額が多いと聞いたこともある。会社勤めのときは、現金よりもカード支払いばかりだったが、日常の品々を近所で購入するようになってからは、カードの必要性がなくなってしまった。スー

パーマーケットでは、必ず提携カードを勧められるが、ポイントの誘惑も無視して、断固断り続けている。

「昔はカードなんかなくたって、ちゃんと生活できたんだから、これでいいの」

そう思いながら、散歩に出かける。でもなるべく商店街を通らないようにするのは、まだ小さな欲望が残っている証拠かしらと考えたりもする。

いつものように町内の小さな公園でまったりしている顔なじみのネコに話しかけたり、お散歩中のワンちゃんが、交流を深めたがっているようであれば、それに応えるといった散歩である。外に出ると都内とはいえ、新鮮な空気が吸えるような気がしていたのに、地震後の原発事故の後から、深呼吸がしにくくなった。まあ、あまり気にしすぎてもそちらのほうが体によくないと、気にしないようにしているが、生きているうちにはいろいろな出来事が起こるものなのだ。

住宅地のなかには、れんげ荘ほどではないが、古びた木造のアパートが何軒か建っている。そのうちの一棟は上下それぞれ二室ずつのこぢんまりしたアパートだった。その一階のドアの前に、昭和の風呂場で使っていたような、木製の風呂椅子を出して、いつも座っているおじいさんがいる。部屋のカーテンもところどころはずれているし、いつ通っても他に家族がいる気配がない。年齢は八十歳を過ぎているように見え、何をするでもなく、ただ煙草を吸って外を眺めている。時折、車が通って排気ガスをかぶっても、表情ひとつ変えず、ロダンの考える人のようなポーズで、煙草を吸い続けている。目が合えば会釈するつもりのキョウコだったが、どちらかというと彼が、他人との交流を拒絶するような雰囲気を醸し出していたので、なるべく彼のほうは見ないようにして通り過ぎていた。

その日は彼の部屋の窓に、敷布団とシーツが無造作に重ねて干してあった。それを見たキョウコは、ぎょっとした。敷布団の柄は褪(あ)せてところどころから綿が飛び出し、シーツの真ん中が幅三五センチくらい真っ茶色に変色していた。五年使い続けても、あんな色にはならないだろうから、相当、使い込んでいるのだろう。ドア横の洗濯機は使われているようなので、洗濯はしているのだろうが、キョウコはそこまで変色したシーツをはじめて見た。彼にはぼろぼろになったわけでもないのに、買い替えるという意識はないのだろう。歳(とし)を取るとすべて億劫(おっくう)になるだろうから、寝具を干しているだけでも、ちゃんとしているのかもしれない。それでも彼の寝ている姿がしみついた茶色の汚れに、彼の生活の年月の長さがわかるのだった。

ベッドまわりの布やタオル、下着などは、プライベートなものだが、外に干したとたんに状態が他人にばれてしまう。ふだん何気なく使っている物が、他人にとっては衝撃的な物であったりする。茶色いシーツが強烈だったので、帰り道、干してある洗濯物を見ながら歩いていると、どの洗濯物もきれいだった。シーツもタオルもぎょっとするほどの劣化はなかった。

「私もこれから歳を取って、他人の目を気にしないようになってはいけないいな」

キョウコは肝に銘じた。

アパートに戻ると、クマガイさんが部屋から出てきた。グレーの髪の毛をひとつに結んで、白と明るいブルーのボーダーのTシャツに白いパンツ姿なのが、すっきりしていて若々しい。

「お出かけだったの」

「ただの散歩なんですよ」

「その後、いかが。刺繍の進捗状況は」

彼女はにこにこ笑っている。

「それがとても大変で……、もっとさっさとできると考えてたんですけど。せっかくコナツさんから電気スタンドまでいただいたのに」

指先が動かない、肩こりがひどい、目がかすむ、集中力が足りない、刺しているうちに自分が嫌になってくるなどと訴えた。クマガイさんは笑っている。

「まあ、更年期間近になると、いろいろとあるからねえ」

「それは覚悟しているんですけど、こんなにあちらこちらが意のままに動かないなんて、思ってもみなかったから」

「自分が考えているよりも、実はずっと体にダメージを受けているのよね。まだ若いつもりで、きっとこんなことができないはずはないって思っているのかもしれないけど、できないのが現実なのよね。できないはずがないとあまりに思いつめると、自分の体がかわいそうだから、できない自分を認めてあげたほうがいいんじゃないの。少しずつでも進んでるんでしょう」

「ええ、まだ小さな葉っぱ二枚分ですけど。これからこんな大きさのものが刺せるかしらって、心配になってきました」

「いいじゃないの。途中でやめたって。きっとササガワさんはまじめだから、そう考えるのよ。やってみたいと思ったものが、途中で挫折したっていいじゃないの。中高年にはそれが許されると私は思うな。もうちょっと適当でいいんじゃないの。私なんかまじめな性格じゃないから。前に話したことあるでしょ。私、若い頃、深夜まで男友だちと大騒ぎをして、朝、新宿の路上で目を覚ましたことがあるからね。せっかく会社をやめてこういう生活をしてるんだから、他人様に迷惑をかけないんだったら、適当にのんきにやっていけばいいんじゃない」

たしかにキョウコは路上で寝たこともないし、深酒をして記憶を無くしたこともない。

「そうですねえ。少しは適当にならなくちゃ、きゅうくつかもしれないですね。せっかくどこにも属しない生活をはじめたんだから」

「そうそう。漢字の適当じゃなくて、片仮名のテキトーっていう感じかな。迷惑をかけなければ、それでいいのよ」

クマガイさんは手を振って出ていきかけたが、すぐ戻ってきて、

「ねえ、最近、お大尽の姿、見てる？」

と聞いた。

「そういえば見てないですね。音も聞こえてこないから。どこかに行ってるんでしょうか」

「若いからあちこち遊びに行っているのかな。それじゃ、行ってきます」

クマガイさんを見送って、キョウコも自室に入った。

そういえばチユキさんのこと、気がつかなかったなあと思った。これまでだったら、隣近所の音がすべて聞こえてくるので、テレビを観ているとか、鼻歌を歌っているとか、洗濯物を干しているとかがわかる。しかし今は、周囲の音すら耳に入らないほど、刺繍と格闘していた。恥ずかしくなった。これで身を立てるわけでもなし、職人さんに弟子入りするわけでもないのに、毎日、肩がぱんぱんに張り、目がかすむまでやる必要があるのだろうか。それも着々と進んでいるのならともかく、あれだけ体の疲労感を感じながら、出来上がったのは葉っぱ二枚……。

「いいじゃないか、葉っぱ二枚でも」

声に出していってみた。相田みつをになった気分だ。葉っぱ二枚でも刺繍ができたのだ。

少しずつ繰り返していけば、慣れていって、最後には大輪の花が刺せるようになるのだ。

「それに、全部、出来上がらなくてもいいのだ。無理だったら途中でやめよう」

キョウコは自分がいった言葉にうなずきながら決めた。アパートの自室に自分一人しかいないのに、何か言葉を発するというのは、自分にとっても周囲にとっても、ちょっとあぶない。でも今日は、クマガイさんは出かけたし、チユキさんもいないし、コナツさんの部屋までは聞こえないだろうし、何をいっても大丈夫だと思うと、自分の気持ちを声に出して確認した。そして少し上半身の凝りがましになったような気持ちになって、刺繡の布地を広げて、新しい葉っぱの一枚の下刺しをはじめた。

十分ほどしてチユキさんの部屋の戸が開く音がした。キョウコはふと顔を上げて、彼女の部屋のほうを見た。周囲の音に反応できるようになったのは、クマガイさんのアドバイスのおかげだろうか。首を二、三度、ぐるぐるっと回して、また手元に目を落とすと、

「こんにちは。ササガワさん、いらっしゃいますか」

とチユキさんの声がした。戸を開けると、そこには小さな包みを手に、デニムと霜降りグレーのシンプルなTシャツ姿の彼女が立っていた。しばらく見ないと、こんなに背が高かったっけと驚くほど、やっぱり高い。

「こんにちは。久しぶりね」

「一週間ばかり地方に行っていました」

「今日、クマガイさんとね、チユキさん、このごろ見かけないけれど、どこかに行っているのかしらって、ちょうど話していたところだったの」

「そうですか。すみません」

彼女は恐縮しながら、

「これ、おみやげです。特別、珍しくもないんですが」

と包みを差し出した。それは有名な温泉場の温泉饅頭(まんじゅう)だった。

「あら、ありがとう。甘い物をいただくのはうれしいわ」

「そうですか、ああ、よかった」

チユキさんは屈託のない笑顔で笑った。キョウコはてっきり、遊びで温泉に行ったのかと思っていたら、彼女は、

「実は短期のアルバイトで、働きに行っていたんです」

という。さっきの笑顔とは違い、ちょと顔が曇った。彼女の雰囲気から、話をしたいようにみえたので、キョウコは彼女を部屋の中に招き入れた。

「ちょっと用事をしていたものだから。散らかっていてごめんなさい」

キョウコが布や糸を片付けようとすると、

「あ、きれいな色。刺繍なさっているんですか。ああ、素敵。つやつやしてきれいな糸ですねえ」

とチユキさんが声を上げた。美大に通っていたせいか、そういう物につい目がいくらしい。といってもこのような殺風景な部屋では、目立つのは当たり前なのではあるが。キョウコはお茶を淹れながら、なぜ刺繡をはじめたかを説明し、そして今、どんなに苦労をしているかを話した。

「出来上がればね、こういう感じになるんだけど」

写真を見せると彼女は、

「わあ、プラナカン風なんですね」

「え？　プラナカン？」

プラナカンとは、マレー半島のセレブリティのことで、パステルカラーの豪華な刺繡や、ビーズ細工、タイルなどの工芸品文化を残した人々だと、チユキさんは教えてくれた。

「アジアのもので、明るいブルーや黄色やピンクの色の組み合わせのお茶碗とか、ビーズのバッグとかありますよね。あれもその名残だといわれてますよ」

「へえ、そうなの。私は単純に、この部屋に合いそうだなって選んだんだけど。図案も長くフランス刺繡を習っていた方が、描いてくれたのよ」

「この部屋にぴったりです。センスいいですね。とっても素敵」

「出来上がればね。まだたった葉っぱ二枚なんだもの」

「美大の課題もそうです。どんなに号数が大きな油絵でも、絵筆の小さなタッチひとつからはじまるんですから」

「そうよねえ。やらなくちゃはじまらないのよね」

「とっても楽しみです。出来上がったらぜひ、見せてくださいね」

チユキさんに褒めてもらうと、センスのいい人のお墨付きをもらった気がする。一瞬、自分のことでうれしくなったが、そうだったと思い直して、彼女の話を聞くことにした。

「それで、何かあったの。短期のアルバイトで」

「いいえ、アルバイト自体はどうってことはないんですが、実は、私、収入がなくなってしまって……」

「えっ、収入って、マンションのお家賃収入があったんじゃなかったの。お友だちの夫婦が借りていたんでしょう」

「それがその友だち夫婦が……、行方不明になったんです」

「行方不明？」

それまで家賃がきちんと振り込まれていたのに、急に振り込まれなくなった。友だちだし、すぐに催促するのはやめにして様子を見ていたものの、一向に入金される気配がない。やはり友だちであっても、お金の問題はきちんとしたほうがいいと、奥さんのほうに電話で連絡を取ってみると、急にお金が必要になってしまい、家賃の全額は無理だけれど、半額はすぐに振り込むし、残金も月末までには必ず支払うといわれた。その通り半額はすぐに振り込まれたけれど、残金がいつまでたっても支払われず、滞った家賃が溜まっていくばかりになった。不動産屋を仲介していれば、敷金の家賃の二か月分は未払い分に充塡できたけれど、相手が友だちだったので、個人的に口約束だけで敷金、礼金なしで貸したのだった。

「それで、また連絡をしてみたんですけど、今度は夫婦二人の携帯がつながらなくなっていて。もうしょうがないから、最後の手段で合鍵で部屋を開けてみたら、なーんにもなかったんです」

「何もなかったの?」

「掃除をしていなかったみたいでほこりが溜まっていて、トイレットペーパーや石けんまで、全部、持ち出してました」

「夜逃げしたわけ?」

「そうなんです」

チユキさんは悲しそうにうなずいた。貸していたのが友だち夫婦だったから、裏切られたショックも大きかっただろう。

「ひどいわねえ」

「信じていたんですけど……。こんなことをされるとは想像もしていませんでした」

「はああ、それはひどい」

若いうちから、それも夫婦で友だちを裏切るなんて、どういう神経をしているのだろうか。

多少の蓄えはあるけれど、これから先を考えると不安になったので、それを知った学生時代の友だちに、温泉場のアルバイトを紹介してもらったのだというのだ。

「まあ、大変でした。いい勉強をさせてもらいました」

温泉場に行ったら、旅館の女将（おかみ）に、

「大きい子がきた」

と驚かれた。それだけならいいわれ慣れているからいいが、職種が仲居さんになったので、着物を着なければならず、またそこで一騒動起きたというのだ。アルバイトの話があったときには、細かい職種を聞いておらず、秋の観光シーズンの温泉場のお世話係と聞いていたのだが、旅館の仲居さんが急病になって人員が足りなくなり、急遽（きゅうきょ）仲居さんとして働かなくてはならなくなった。

「女将さんはとてもいい人だったんですけど、仲居頭のおばさんに、『こんなに大きな子に着せる着物なんかあるわけない』なんていわれて。どの着物を羽織ってみても、つんつるてんなんですよね。そこで温泉場中を探し回って、やっと丈の長い着物が見つかって、それでもおはしょりが取れなかったので、対丈（ついたけ）でそれを着てました。髪の長い人はアップが原則なんですけど、私の場合はそうすると余計に大きく見えちゃうので、後ろで一束に

しろっていわれました」

　料理を持って客室に入ると、

「わあ、びっくりした」

　と驚かれ、なかには自分の姿に驚いたのか、家族の声に驚いたのかはわからないが、泣き出す赤ん坊までいた。どういうわけか記念にと写真まで撮られた。

「だいたい私の体の大きさが日本間には合わないので、違和感があるんですよね。本当ならチップをいただいたら、帳場に報告してみんなで分けるんですけど、それとは別に個人的にチップをいただいたり、お客様にはよくしてもらいました。いちばん嫌だったのは、宴会でしたねえ。なるべく目立たないように、隅っこを歩くようにして、動作はすべて中腰にしていたんですけど、コンパニオンさんと間違えられたりして困りました」

　とにかく酒類の注文を滞りなく済ませてしまおうと働いているとき、空いた瓶やグラスを盆にのせて廊下に出ると、一人のおやじが前に立ちふさがった。そして両手がふさがっている彼女の腕をいやらしくさすったり、叩いたりしながら、酒臭い息で、

「大きいねえ」

　とささやいたというのだ。彼女は身をよじり、

「失礼します」

　と頭を下げて急いで厨房(ちゅうぼう)に戻り、先輩の仲居さんにその話をすると、おやじの風体を聞

いた彼女が、

「わかった。私がちゃんと見てるから、安心して」

といってくれた。宴会場でおやじがチユキさんに近寄ろうとすると、

「チズちゃん、あちらをお願い」

と源氏名で呼び、いつも彼とチユキさんの距離を目で確認して、彼がふらふらと立ち上がって近づこうとすると、空のコップを積んだお盆を手渡して、

「早くこれを戻しにいってきて」

といっておやじと接触しないようにしてくれた。

「助けてもらいました。女将さんにもまた来て欲しいっていわれたんですが、しばらくはいいかなって。温泉に入ればたしかに疲れは取れるんですが、いちばん困るのが精神的な疲れなんですよね」

「そうね。ああいう仕事はすべてに慣れないと大変だもの」

「だいたい、大きいねっていいながら、人の体をさすったり叩いたりして口説く人っています？　それって相撲の親方が新弟子を勧誘するときに使うんじゃありませんか？」

真顔になったチユキさんを見て、キョウコは噴きだした。キョウコの顔を見て彼女もふふと笑っている。

「でも何事もなくてよかったわね。家賃は困った問題だけど」

「そうなんです。お金よりも二人が何もいってくれないで、逃げていったのがとても辛いです」

しばらく二人は黙ってお茶を飲んでいた。お互いに前向きな考えが浮かぶのを待っていたけれど、すぐには浮かんでこない。

「その夫婦はもう無視していいんじゃない。鍵も持って出ていってるんでしょうから、玄関の鍵を替えて、不動産屋さんに入ってもらったらどうかしら。そうだ、おじさんに頼んだら？　とてもいい人よ」

「そうですね。そういうのって面倒くさいなって思っていたんですけど、やっぱりお金がからむことは、書類できちんとしておいたほうがいいですね。それじゃあ、今すぐ、不動産屋さんに行ってきます。お話を聞いていただいて、ありがとうございました。これからもよろしくお願いします。ごちそうさまでした」

チユキさんはきちんと頭を下げて、部屋を出ていった。あんなにちゃんとした人を騙すなんて、今となっては友だちともいえないが、ひどい夫婦だなと気の毒になった。その日は三枚目の葉っぱの下刺しだけでやめた。

二日後の夕方、チユキさんは、

「不動産屋さんにお願いしました」

と報告に来た。おじさんは、

「大家さんと店子(たなこ)が一緒なんて、うちではじめてだなあ」

といいながら、実印は持っているか、家賃用の通帳は自家用のとは別に作っておいたほうがいい、最近は自分の物じゃないからと、ひどい住み方をしても平気な人も多く、補修については予想以外にお金がかかる場合が多いから気をつけて、税金も払わなくちゃならないからね、など、あれこれ親切に教えてくれたという。

「あのマンションは人気があるから、小さな部屋でもすぐに決まるよって、いってもらいました」

「それはそうでしょう。何かあっても間に入ってもらえるから。よかったわね」

「はい、ありがとうございました」

彼女が気持ちよく挨拶(あいさつ)をしてくれるので、キョウコのほうも気分がよくなる。会社や身内の人間関係については対人運は最悪だったが、ここに住んでからは運勢はとてもよくなったような気がしていた。

チユキさんの所有するマンションの小さな部屋は、一週間も経たないうちに入居者が決まった。どうしてもあの高層マンションに仕事場を借りたいという人がいて、即入居になったという。

「ＷＥＢデザイナーだっていっていました。契約するときに、不動産屋さんでご家族とも会ったんですけど、彼が四十三歳で、奥さんが二十歳。そして三歳の子供がいるの。私はそれにびっくりしたんですけど、ご夫婦は大家さんがこんなに若いとは思わなかったって、びっくりしてました。ご夫婦が、大家さんはどこにお住まいなんですかって聞いてきたんですよね。そうしたら不動産屋のおじさんが、『この人はアーティストだから、すっごく個性的なところに住んでるの』なんていうんですよ。そうしたらへええなんてまた驚かれて。なんだかこのところ、私も驚いたけど、驚かれてばっかりです」

ともかくチユキさんが、周囲の人々に「大きい」を連発され、酔っ払いにからまれなくなるのはよかった。彼女の顔からも、ほっとした表情が読み取れた。

「でもまだ若いし、あ、これ、嫌みじゃないですよ。仕事があったらやりたいと思ってます」

「そのほうがいいわよ。いくらでもやりたいことができるんだから、失敗したっていいのよ。それも経験よ。なんて途中で尻尾(しっぽ)を巻いて逃げた私には、大それたことはいえないけど」

「そんなことはないです。だって、あの素敵な刺繡を仕上げるっていう大事な任務があるじゃないですか」

「任務ねえ。誰からも命じられたわけじゃないけど」

「私、とっても楽しみなんです。また見せてくださいね。これからクマガイさんのところにもご報告します」

チユキさんは若さと誠実さと、何だかわからないけれど、奥に秘めている才能の可能性を発しながらキョウコの部屋を出ていった。

クマガイさんも温泉饅頭をお土産にもらったときに、事情を聞いていたようで、後日、早朝にキョウコとトイレ前で顔を合わせると、

「よかったわねえ。お嬢さん。それにしてもひどい友だちよねえ。親に裏切られるより、友だちに裏切られるほうが辛いときがあるから。それにしてもよかった、よかった」

と小声でささやいた。若いチユキさんは睡眠が深いようで、朝起きるのが遅い。外での雑談は迷惑になるのである。

「本当によかったです」

キョウコも小声で返した。二人はまるで彼女の母と叔母のような気持ちになっていた。

7

自分たちが身内のように感じても、チユキさんにとっては、迷惑かもしれないと、部屋に戻ったキョウコは思い直した。クマガイさんも自分も、さまざまな理由があって、身内

とは距離を置いている。もしかしたらクマガイさんのほうは、病気をした後で連絡を取り合っているかもしれないが、キョウコの場合は兄から電話がない限り、こちらからは連絡を取らない。友だちとは今回の刺繡の件で、新しい交流もあったけれど、とても狭い人間関係のなかで生きている。自分が気がつかないうちに、ひととの交流を求めていて、それをチユキさんにぶつけるのは、若い彼女にとって重荷になってしまうのではと、そんな気持ちがどっと襲ってきた。

　彼女には彼女の生活があるし、生き方がある。彼女が求めてくれれば、できるだけそれに応えてあげたいけれど、必要以上に首をつっこむのはやめようと、キョウコは肝に銘じた。それを思うと、クマガイさんは立派だ。ゴキブリよけのホウ酸団子だけくれて、顔を合わせれば話をするけれど、あとはほったらかしにしてくれた。もしもあのとき、興味津々であれこれ詮索されたら、それに耐えられずに引っ越していただろう。チユキさんの性格のよさにひきずられて、ずうずうしく彼女の生活に立ち入らないようにと、キョウコは何度もうなずいた。

　そしてまた刺繡である。

「よし、頑張ろう」

　という日と、たたんだ刺しかけの布を開くのも躊躇する日がある。頑張りたい日は、少しでも前に進もうと意欲的になっているが、躊躇する日は、思うように進まなかった結果を、目の前に晒されて、部屋中に「私ってだめ感」が漂うのが嫌だからだ。

しかしその日はキョウコはやる気になっていた。もしかしたら小さな部分ばかりを刺しているから、気分がいまひとつのらないのではないかと考え直し、花の部分にとりかかることにした。花びらは薄いピンクから真紅のグラデーションになっている。それをひと針、ひと針刺して表現していく。色糸の艶はどれもすばらしいけれど、針穴に薄いピンク色の糸を通すと、なんだか気分が浮き立ってくる。

「これも私に、そういう色合いが不足してきたからなのね」

キョウコは苦笑しながら、チユキさんにセンスがいいと褒められた、サトコさんが起こしてくれた図案に向かい合った。丸い木枠をはめて布を張り、息をつめて布に針を刺す。そうしないとピンポイントで、目指した場所に針が刺せないのだ。うめき声を出して両隣の部屋に迷惑をかけないように、ぐっと唇を結んで、息がもれないようにした。そうなると自然に鼻息が荒くなり、まず花びら一枚分の薄ピンクの部分が刺し上がったところで、無意識に部屋の鏡を見ると、自分の顔がものすごい形相になっていたので、キョウコはびっくりした。唇を丸め込んでいたものだから、鼻の下が伸びている。鼻息が荒いせいで、鼻の穴が広がっている。中年であっても女性として許される顔ではなかった。老眼気味でよく見ようとしたものだから、無理に目を見開いている。

「ひどすぎる……」

西洋絵画のように、美しいドレスを着たご婦人が立派な椅子に座り、日射しがそそぐ窓辺で、優雅に刺繍をしている姿とは、雲泥の差だった。

「ひどすぎる」

自分自身を戒めるために、もう一度つぶやいて、キョウコは布を膝の上に置き、両手で顔をマッサージした。

「あー、だめだめ。気を許すとどんどんひどくなっていく」

どこかで止めないと本当にまずい。最初はひどいと感じても、それに対処しないと、ひどいのが当たり前になり、自分も歳を取ってきて面倒くさくなり、それが他人の目に触れたとたん、

「えっ、あれは？」

とぎょっとさせるような状態になる。キョウコは散歩の途中で見た、おじいさんのシーツを思い出した。彼にとってはそれが普通であっても、世の中からすればそうではない。個人的なことで、誰にも迷惑をかけてないといえばそうなのだが、一人暮らしとはいえ、生活のなかで自分なりのラインは引いておきたい。

気分を変えるために、キョウコは紅茶を淹れた。口に入れるものは、ちょっとだけ贅沢をしているので、淹れると添加物の香料ではなく、自然のいい香りが漂う。

「はああ」

窓の外を見た。物干し場の横の木に、ハトがやってきていた。じっと部屋の中を見ている。

「ハトちゃん、こんにちは」

手を振ると、ハトはじっとキョウコの顔を見て、くくっと首を何度もかしげ、他のハトが飛ぶのを見て、飛び立っていった。そして次に同じ枝にカラスがやってきた。

「カラスちゃん、こんにちは」

さっきと同じように手を振ると、カラスは大きな体を前のめりにして、太いくちばしを突き出している。そして、

「カアア、カアア」

と大声で鳴いた。

実家にいる頃、庭にカラスが来ると、母親が縁起が悪いといって、すぐに竹箒を持って追い払おうとしていた。兄もキョウコも、

「放っておけばいなくなるから」

というのに、

「だめ。カラスはだめ。縁起が悪いし運気が落ちる」

などといい、庭で竹箒を振り回す。それを見たカラスは、まるで母親を小馬鹿にするように、竹箒の先が触るか触らないかといった高さの庭木の枝を、ぴょんぴょんと渡ってい

た。

「あっちに行け、こら、あっちに行けってば」

母親とカラスは延々と同じ動作を繰り返し、兄とキョウコはまるでコントを見ているような気持ちになり、母親に聞こえたらどんなことになるかわからないので、二人でしのび笑いをした。

「縁起がわるいっていってるけど、自分の家から追い払って、他人様の家に飛んでいくのは平気なんだなあ」

兄はふっとため息をついてその場を離れた。母親はまだ、

「こら、あっちに行けってば。わからないのか」

といい、庭に落ちていた石をカラスに向かって投げた。もちろんそれは的をはずれたが、それでカラスはやっと、やれやれというようにゆっくりと枝から飛び立っていった。母親はよく聞き取れない言葉を、ぶつぶつといいながら、しばらくの間、怒っていたのだった。

でもここではカラスもキョウコにとっては、友だちの一人である。ここを気に入ってくれて、ハトやスズメをいじめないのなら、いつでも遊びに来て欲しい。

「私ってお友だちが欲しいの？」

そんなわけでもないのになあと、キョウコは紅茶を味わい、また刺繡を刺しはじめた。誰も見ていないからといって、見苦しい顔や姿になってはいけない。気取る必要はないが、

ある程度のラインは保ちたい。気をつけなければとあれこれ考えていたら、枠を持ち布の下で支えていた左手の人差し指の先を刺してしまった。

「いたたた」

微々たる出血ではあるものの、ほったらかしにしたまま作業をするわけにはいかないので、血が止まるまでティッシュペーパーで指先を押さえ、また窓の外を眺めた。風に木の枝が揺れているのを見ているだけで、どうしてこんなに間が持つのだろうか。キョウコが会社に勤めているときは、家に帰って自分の部屋に入ると、すぐにテレビを点けるか、音楽をかけた。それが習慣になっていた。いつも刺激的な音が聞こえていないと、物足りなかった。しかし友だちとタイに旅行をしたとき、夜、海辺のそばのホテルで波の音を聞き、信じられないほどたくさんの光る星を見ていたら、それだけで何時間でもいられるのがわかった。それはふだんの自分にはまったくない感覚だったので、不思議でたまらなかったし、感動もした。しかし旅行から帰って、また仕事がはじまると、そんなことなどころっと忘れて、またテレビと音楽なしではいられない日々に戻った。

都内だから満天の星も波の音もないけれど、アパートの窓から庭木を眺めているのも、それと同じようなものかなあと、満天の星空を懐かしく思い出したりした。今の生活だと旅行の経費を捻出するのも難しいかもしれない。それも寂しいのだけれど、ひと月、十万円生活なのだから仕方がない。海外に行くのもいいけれど、自分はれんげ荘の庭木や、敷地にやってくる生き物たちを眺めて過ごそうと思った。

チユキさんの部屋からピアノ曲の音楽が流れてきた。前に住んでいたサイトウくんは、ケツメイシのファンだったから、朝から晩まで彼らの曲が流れていたが、チユキさんのかけている音楽はクラシックでもないし、聴いたことがなかった。でもキョウコの耳はそれを拒絶することもなく、素直に耳の穴からするすると入ってきた。世の中には自分の知らない音楽がたくさんあるのだろうなあとキョウコは考えた。それを全部知ろうとするのは無理なのだし、生きているなかでひょんなことで出会ってしまった物、音楽、本、事柄は縁があるのかなあと考える。

刺繍なんて軽作業のように思えるが、目の疲労はもちろんのこと、両腕、両肩も硬くなってきた。会社に勤めているときもそうだったが、すでに一日では修復不可能な体になったので、累積疲労として上半身に溜(た)まっている。散歩をすると多少はほぐれるけれど、すべてがすっきりするというわけではない。ここに引っ越して来た直後、まだ網戸が張られていなかったので、蚊が入らないように網をつけようと格闘した後は、ぐったりした。それ以降は特別、疲れるようなことは何もしていないのだから、体のどこかが凝っているという自覚はなかった。本を読むと目は疲れたけれど、上半身がこわばるような疲れではなく、部分的なものだった。

しかし慣れないことをはじめたからかもしれないが、今回の疲労感はキョウコにとってただならぬものだった。

「やっぱり高望みをしすぎたんだわ」

もっと簡単に刺せるものにすればよかったのだ。でも自分がこれをやりたいといったのだから仕方がない。超初心者がエベレストに登ろうとしたら、すぐに体が悲鳴を上げるのは当然だ。それと同じような、身の程知らずからくることが、起こっているに違いないと、キョウコは後悔した。

若いときは勢いで、

「やりたいっ」

と思ったら、体力もあるし気力もあるから、やれる場合がある。気力の衰えは体力でカバーし、体力の衰えは気力でカバーできる。両方が補い合うのだ。しかしこの年齢になると、気力はともかくすぐに体に響いてくる。その体力のなさは気力にも影響して、片方の足りない部分を補うというよりも、気力も体力も落ちて共倒れになるのである。まさに今がその状態だった。

みんなが、

「無理をせずにのんびりやれば」

といってくれたから、散歩をしたり、適度に休みをとったりしながら刺しているのに、この調子だ。それで刺し上がるのが小さな葉っぱ一枚程度。気合いと現実の空回りに悩み、キョウコはベッドの上に仰向けになった。

「私が一番優先しなくてはならないことって何？」

両手を組んでその上に頭をのせると、肩胛骨や腕の付け根が突っ張って痛い。これで少しはストレッチになるかと思いながら、

「いったい、何？」

と自問自答した。目の前にあるのは見慣れた天井のシミだ。働いているわけでもなく、誰に何をしろといわれるわけでもなく、たったひとつの決め事の、ひと月十万円の生活費を守れば、何の問題も起こらない。あれこれ考えてみても、結論が出ない。

「そもそもこのような状況で、優先しなくちゃならないことが何かを、考える意味がないのではないか」

逃げのように思えたが、そんな考えも浮かんできた。お腹がすけば御飯をつくり、トイレに行きたければ行く。それがその時々の優先しなくてはならないことであり、それ以外、思いつかない。長いスパンで考えると、自分が生きることとしか思い浮かばなかった。

「でもただ生きていればいいの？　人の役に立つとか、人に喜んでもらえるとか、そういうところを、人は生きていく糧にできるのではないか」

妙に哲学的になってきたので、キョウコは頭が痛くなってきた。本を読むのは好きなのだが、小難しいことを考えはじめると、子供の頃から頭が痛くなる質だった。それが今に

至っても続いている。

「うーむ、わからん」

キョウコは頭を横に振って、目をつぶった。そういえば日中、ベッドで横になるということはほとんどなかった。それをしたということは、相当、体が疲れていたのだろうか。そのうちキョウコはそのままの姿で眠ってしまった。

はっとして目を覚ますと、三十分が過ぎていた。誰にも文句をいわれず、昼寝ができるなんて、何て贅沢なといわれるかもしれないが、いくらでも昼寝できる身となると、それもまた難しい。その日は刺繍の続きをする気にもならず、大手拓次の文庫本を開いたりしたが、いまひとつテンションが上がらないまま、ラジオを聞いて過ごした。

翌朝も、目を覚ましても、

「よし、やるぞ」

という元気はなかった。朝になったのでベッドから出た。それだけのことである。ゴミの収集日だったので、まとめてアパートの前に出した。カラスネットの中には小さなゴミ袋がひとつあったので、クマガイさんがすでに出したのだろう。それにしてもここに来てから、本当にゴミが少なくなったと、キョウコはある意味で感心していた。実家にいたときはどうしてこんなにゴミが出るのだろうというくらい、自分の部屋からゴミが出た。燃えるゴミもそうだし、流行に遅れてはいけないと、女性誌も数誌買っていたし、洋服もとっかえひっかえしていたので、ワンシーズンたたないうちに、着飽きて捨てたものもある。資源ゴミの日には、雑誌や通販のときの段ボール箱、服が入っていた箱など、それを紐(ひも)でくくって分別して、家の前に出すのが大変だった。

それが今では、週二回の収集日ではなく、週に一度くらいで十分なほど、ゴミが出ない。物が少なすぎて捨てる物がないのである。捨てる物といったら、調理後の生ゴミや、包装ゴミ、買い替えた衣類、肌着とか、そんなものである。衣類も肌着も毎週、毎月買い替えるものではないから、毎回のゴミの嵩(かさ)が増えるわけではない。おじさんの知り合いに持っていってもらったテレビ以外、今のところ粗大ゴミになるようなものもないので、本当に捨てるものがないのだ。

でもそういった状態に落ち着いてはいけないと、キョウコは肝に銘じたのだ。ちゃんと他人の目で自分の持ち物を点検し処分する。薄茶の跡がついた黄変したシーツなど、絶対に所有していてはいけないのである。特に自分は無収入で、お金が出ていくのを渋りがちなので、気をつけなければいけない。会社に勤めていなくても、世の中に一歩出れば、学ぶことはたくさんあるのだった。

刺繡へのテンションが落ち気味なので、無理に針を持つのはやめにした。あれだけやりたいと思っていたのだから、時間をおけばまたやりたくなるだろうと、自分なりに考えたのだ。朝食を食べるとハンドタオルとティッシュだけ持って散歩に出る。まだその時間帯は出勤時間に重なるので、多くの人が駅に向かって歩いて行く。そして彼らとは反対の方向に向かって、のんびり歩いていくのだ。どちらかの家に泊まったのか、コートを羽織ったスーツ姿の男女がもつれるようにお互いの体に腕をからませて、駅のほうに歩いていく。朝から元気だなあと呆(あき)れつつ、散歩をしていると、キョウコと同じように歩いているのは、高齢者ばかりである。イヌを連れている人たちは、もうちょっと後の時間帯か午後が多い。キョウコとしては、イヌとの出会いがなくて、ちょっとつまらないのだが、彼らの時間に合わせて外に出るのはいつでも可能なので、また会えるとのんびりかまえている。

その点、ご老人は時間がきっちりしている。いつも電柱に片手を置き、一息ついている老女、公園のベンチに座っている老人。毎日、ほぼ正確な時間にそこにいる。なかにはキョウコと顔なじみになって、通りすがりに会釈する高齢者の散歩仲間も増えた。冬場に胃腸炎やインフルエンザが流行(はや)っていたときは、キョウコも散歩は自粛していたが、暖かくなって同じ時間に外に出たとき、十字路の手前の門の前や、コンビニの前でいつも見かけた高齢者がいないと心配になった。

どこの誰かも知らないし、会話も交わしたわけではないのに、いつもその時間にたたずんでいたり、歩いていた人の姿が見えないのは不安だった。それが何日も続くと、気になって仕方がない。その後、同じように散歩をしている人もいたし、ずっと姿を見かけなくなった人もいた。向こうはキョウコに対して何も感じていなかっただろうが、彼女はイヌがマーキングをするように、ここにはあのおじいさん、あそこにはあのおばあさんと、愛情を込めて町の風景と共に認識していたので、彼らの姿が見られなくなるのは、とても悲しかった。

新顔のネコと出会ったり、いつも見かけるおばあさんの姿がなかったりと、散歩も悲喜こもごもである。アパートに帰ると、チユキさんがカラスネットの中にゴミ袋を入れているところだった。体を曲げていてもやっぱり大きい。

「おはようございます」

キョウコが声をかけると、彼女は、

「あ、おはようございます。どうなさったんですか」

と聞いた。

「散歩なの。暇なときは一日に何度も外に出るんだけど、この時間帯が一回目なのよ」

「ああ、そうなんですか。私は今日はゴミの日なので、頑張って起きたんですよ」

「二度寝するの？」

「うーん、いえ、今日はちゃんと起きます」

彼女はとても起き抜けには見えない、きれいな素顔で笑った。

「そうだ、ササガワさん」

「なあに」

「ここの二階って、どうなってるんですか」

彼女は目を輝かせて、人差し指を突き出して上を指さした。

「前は二階にも三部屋あるから、貸してたんですって。でも老朽化してきたから、誰にも貸さないで、そのまんまみたいよ。私が引っ越してきたときに、不動産屋のおじさんがいってたわ」

「へええ。興味ありませんか」

「ないわけじゃないけど……。でも相当ほったらかしにしていたらしいから、ほこりだらけですごいんじゃない。階段の途中に板が打ち付けてあって、上がれないようにしてあるでしょう」

「えっ、そうなんですか」

チユキさんはうれしそうな顔になっている。

「興味あるの？」

「ありますよお。何だか江戸川乱歩の世界みたいじゃないですか。私、江戸川乱歩、大好きなんです」

「ええっ？　屋根裏の散歩者とか」

「そうそう、そうです」

「人間椅子なんかがあったら、嫌よねえ」

「きゃーっ、どうしよう」

チユキさんは、満面に笑みを浮かべながら胸の前で両手を組み、身をよじっている。

「私、行ってみます」

彼女はきっぱりといった。

「ちょ、ちょっと、大丈夫？　危ないから」

キョウコが声をかけても、チユキさんは長い手足を振りながら、まるで小学生みたいに、とんとんと汚れた階段を上がり、途中に打ち付けてある板を持って揺すっていた。

「大丈夫？　古い釘があるかもしれないから、手を刺さないように気をつけてね。階段も抜けちゃうかもしれないから……」

キョウコが下から見上げながら声をかけているのが、聞こえているのかいないのか、彼女は板を剝がすのに集中していた。バキッと音がした。

「あ、取れた……。取れましたっ」

うれしそうな顔をして、キョウコのほうに振り返った。

「大丈夫？　ほこりだらけよ、きっと。何も手入れなんかしてないんだから。ネズミもいるんじゃないの」

すでにキョウコの言葉が聞こえなくなっているのか、チユキさんはそろりそろりと階段を上がっていった。木の階段がきしんで音を立てている。

「床が抜けるかもしれないから、真ん中じゃなくて端っこを歩いて……」

キョウコは声をかけながら、そろりそろりと壁に手を置きながら、階段の端をゆっくりと登っていった。手をついた壁にほこりがべっとりとついていて、薄手のウールが貼ってあるかのようだった。

「部屋があった。開けちゃおう」

木製の引き戸に手をかけて動かしている。相変わらず彼女は無邪気だが、二階の床がぎしっと音を立てている。

「とにかく、何でもいいから気をつけて」

キョウコは階段を登りきったところで、ふうっと一息つき、目の前の光景に思わず息を止めた。後に続かなかったのは、自分の体重を廊下に加えて、一階の天井が抜けるというダメージを与えるのを避けたためである。長年放置されていた二階の廊下には、灰色の綿ぼこりがうっすらと積もり、チユキさんが久しぶりに足を踏み入れたものだから、その影響で、堆積していたほこりがふわふわと舞い上がりはじめた。あわててはいるけれど、ゆっくりかつ急いでキョウコは自室に戻り、手ぬぐいを二本持ってそのうちの一本で頬被りをして端っこを口に当て、階段の上からチユキさんに向かって、

「これ、使って」

ともう一本を差し出した。

「あ、ありがとうございます。それで万全ですね」

キョウコの姿を見てチユキさんも頬被りをした。

「まるでコソ泥ですね。ふふっ」

「本当ね、でもそうでもしないとほこりがすごいから。あとで体の具合が悪くなったら大変よ」

体よりも目の前の部屋がどうなっているかのほうに興味があるチユキさんは、何度も引き戸を動かそうとしていたが、

「ここ、開かないんです」

と残念そうにつぶやいた。

「誰も入ってこられないように、不動産屋のおじさんが外から鍵をかけたんじゃないの」

「そうかあ、残念。じゃあ、お隣を見てみます」

チユキさんが廊下の端をそろりそろりと歩くたびに廊下のほこりが舞い上がる。木がきしむ音はするけれど、重みでしなっている気配はない。

「ああっ、ほこりが……」

キョウコは声を上げ、鼻と口に当てた手ぬぐいの端っこを、ぐいと顔に押しつけた。

「あーあ、ここもだめです」

キョウコの真上にあたる部屋の戸も鍵がかけられていたようだ。

「きっと隣も同じよ」

キョウコは声をかけたが、自分で確かめないと気が済まない性格らしく、クマガイさんの真上の部屋の引き戸も開かないと確認したとたん、

「あー、だめだったあ」

とがっかりした表情になった。しかしそれも藍色の「かまわぬ」柄の手ぬぐいを頬被りしているものだから、どこか滑稽でキョウコは噴きだしてしまった。

「あ、ここ、素敵。ササガワさん、見て、ほら」

チユキさんがあまりに手招きするものだから、キョウコもそろりそろりと廊下を歩いて近づいていった。

「かわいい。どうしてこれが一階にはないんだろう」

そこにあったのは、白、赤、青の小さなタイルが貼られた、蛇口が二個ついた流しだった。側面は市松柄になり、壁側はお花のような柄になっている。明らかに一個一個タイルを埋めた手仕事で造られたものだった。

「本当ね。なつかしいわ。きっと一階にシャワー室があるから、二階はこうしたのね」

「シャワー室っていっても、ただの灰色の箱みたいじゃないですか。もっとかわいければいいのに。床はともかく壁がこういうタイルだったら、よかったのになあ」

「目地の掃除が大変だから、ああなったんじゃないのかな、さあ、もう下に降りましょう

よ」

振り返るとチユキさんは着ていたスウェットパーカーのポケットから携帯を出して、タイルの流しをいろいろな角度から撮影していた。

「これ、どうしよう」

一階に下りたキョウコが、チユキさんがもぎり取った板を見た。

「うーん、私が壊したので、あとで不動産屋さんに行ってきます」

「お願いしていいの？」

「はい、私がやったことなので、自分で始末します。あ、これ、ありがとうございます……」

チユキさんは頬被りをしていた手ぬぐいをはずして、キョウコに渡そうとしたが、はっとして自分の胸元に持っていった。

「お洗濯してお返しします」

「いいのよ。よかったら雑巾（ぞうきん）にでもしてちょうだい」

「雑巾なんてもったいない。この柄『かまわぬ』でしたっけ。大学のときの友だちが手ぬぐいが大好きだったので、よく一緒に専門店に行ったんですよ。鎌（かま）と輪とぬを柄にするなんて、昔の人はすごいですよね」

チユキさんは手ぬぐいを広げてあらためて眺めた。

「いろいろな柄があるから、眺めてると楽しいわよね。それじゃあ、コソ泥探検は残念だったけど、後はよろしくお願いします」

キョウコが頭を下げると、チユキさんは直立不動になって、

「ありがとうございました」

と深々と頭を下げた。

ずっと手ぬぐいを被っていたのに気がついたキョウコは、部屋に戻って苦笑いをし、なるべくほこりを落とさないように入口でそっと手ぬぐいをはずし、体についたであろうほこりを払った。そして何度もうがいをした。子供の頃からの習慣は変わらないなとまた苦笑した。神経質な母親が、学校から帰ってきたときはもちろん、砂ぼこりが舞うような天気のときや、ほこりっぽい場所から帰ったときは、五回、うがいをしなさいと命じたのだった。会社に勤めているときもそうだったし、今になってもそれが続いている。親の言葉はよい事柄も悪い事柄も子供の心の中に残り続けるものなのだ。

ほこりの中のコソ泥探検の後で、刺繡をする気にもならず、キョウコはぼーっと窓から外を眺めていた。スズメがやってきている。

「巣箱や餌場を造ったら、もっとやってくるかな。でも集まりすぎるとご近所に迷惑がかかるし……」

スズメは、チュンチュンとかわいい声で鳴きながら、枝から枝へと敏捷な動作で渡り、

しばらくして飛んでいった。ベッドの横に積んである文庫本を手に取ったり、ぐるんぐるんと両腕を回したりしているうちに、何もしたくなくなってきて、ベッドに寄りかかったまま、窓の外を眺めていた。

時計も見ていなかったので、どれくらい経(た)ったかわからないが、外で、

「あー、ここね。やっちゃったねえ」

という声が聞こえてきた。不動産屋のおじさんだった。

「すみません、力をいれたら取れちゃって」

チユキさんの声もする。さっきいった通りに、おじさんを現場に連れてきたらしい。一緒に頬被りをした仲間としては、無視するわけにもいかず、キョウコも戸を開けて、

「こんにちは」

と挨拶(あいさつ)をした。

「あ、すみません……」

チユキさんは申し訳なさそうに頭を下げた。

「二階、どうなってるか気になって、上がったんだって？　汚かっただろう」

彼はベニヤ板よりやや厚い程度の板を階段の隅に寄せた。そしてどうするのかとキョウコが見ていると、ずんずんと上がっていく。チユキさんやキョウコと違って、足元がぎしぎしいっている。

「大丈夫ですか」

今日だけでその言葉を何回いっただろうかと笑いをこらえながら、キョウコはやっぱりいってしまった。

「どうだかなあ。おじさん重いから、一気に下に落ちるかもしれないな」

どうして彼も二階に上がるのだろうかと見ていたら、チユキさんが、

「鍵を開けてもらうように、頼んじゃったんです」

とうれしそうな顔をして、跳ぶように彼の後についていった。手ぬぐいを取り出す暇もなく、キョウコもつい、後についていってしまった。

「開くかなあ、錆びてるんじゃないか」

シンプルな鍵を鍵穴に差し込んで、二、三度ぐりぐりっと動かすと、簡単に戸が開いた。

「わあ、こうなってるんだ」

というチユキさんの声と、

「汚いなあ」

というおじさんの声が同時に聞こえた。チユキさんはバレリーナのようにつま先立ちになって、部屋の中に入っていった。

8

二人が戸を開けて中に入っていくと、逆光でふわーっとほこりが舞うのが見えた。キョウコはわっとあせりながら、左手で鼻と口を覆って、そーっと二階の部屋をのぞいてみた。チユキさんはもともと背が高いのに、つま先立ちをしているものだから、天井から頭まで距離がとても短い。長い手を伸ばしたら天井に届きそうだった。

「ここは床の間じゃなくて、家具置き場になっているんですね」

「いやー、そうじゃなくて、勝手に壊しちゃったんじゃないの。ほら、ここ、素人がやったっていう感じだもの。古くなってからは、部屋をいじっていいことにしちゃったからね。そうか、こんなふうにしてたんだ。おじさん頭が悪いから忘れちゃったよ」

おじさんは何度も首を横に振りながら、部屋の中を歩き回っていた。

「ここ、貸さないんですか」

「二階はねえ。ちょっと心配だから、といっても天井が落ちるっていうわけじゃないからね。ちゃんと役所の点検も済ませてるから大丈夫なんだけど、念には念を入れてっていうことで、大家さんと相談して、貸すのはやめにしたんだよね。お宅のところみたいに、立派なマンションだったら、何の心配もないんだけどさ」

「いいえ、あれは立ち退いたかわりに、もらったようなものですから。あそこが気に入っていたら、私、住んでますよ」

「そうだねえ。あなたも物好きだよねえ」

おじさんがしみじみいったので、チユキさんは噴き出した。

キョウコがのぞいているのを見た彼女が、

「つま先立ちをしてくれれば大丈夫ですよ」

と手招きをした。それにつられてキョウコもつま先立ちになって部屋に入った。蜘蛛（くも）の巣だらけになっているのではないかと想像していたが、それほどでもなかった。それよりも二階なので部屋に陽（ひ）がさんさんと差し込んでくるのが気持ちがいい。

「日当たりがいいからもったいないなあ」

キョウコがつぶやくと、チユキさんもうなずいておじさんを見た。

「二階はね。でも家のリフォームって難しいんだよね。ここまで古いと建て替えをしたほうが楽なんだよ。でもそうなったら、あなたたちみたいな人は借りてくれないでしょ」

「それはそうですねえ」

「大家さんの一存なんだけど、まあこのままでって話がついたんでね。この先どうなるかわからないけど」

いつまでここに住めるかわからないのだと、キョウコは気がついた。理屈はわかっているけれど、毎日、そんなことを考えて暮らしているわけではない。チユキさんはまだ若いし、いろいろな選択肢があるだろうが、自分にそれがあるのだろうか。懐具合と環境など、条件にぴったりだったから借りたのだけど、永遠にここに住めるわけではないのだ。

(どうするんだ、私)

チユキさんは前の住人が置いていった雑誌や週刊誌を押し入れから見つけて、大喜びしていた。自分の住んでいる場所が、いつ何時、無くなってしまうかはわからない。ただそれが、自分が所有しているものではないのは気楽だった。自分は人生に対して気楽になろうとして、会社をやめる決意も、再就職をしない決意もしたのだから、あれこれ気になるのだったら、定収入を得られるように働けばいいのだ。気持ちが揺らいでいる自分が情けなくなってきて、キョウコは二階の窓から見える隣家の庭木を見ながら、あれこれ考えるのはやめたくなった。

「ほら、ササガワさん、見て見て。こんなに若いの。笑っちゃうー」

彼女が芸能雑誌のグラビアを開いて見せた。キョウコが十代のときに大人気だった、男性アイドルの当時の写真だった。少女漫画の王子様みたいな、ひらひらの衣裳(いしょう)を着て歌っている写真だ。この姿はテレビで見た記憶があった。

「すごい人気だったのよ」

「まあ、たしかにかわいいですけどね。でもこの人、今、カツラー疑惑があるでしょう。まさかこのときには、そんなふうにいわれるなんて考えてもいなかったでしょうねえ」

するとおじさんも雑誌を見て、

「まだそのときは十代だろ。自分がはげるなんて、だーれも思ってないよ。それが悲しいかな、ひたひたと迫ってくるんだよなあ」

おじさんの口調が真に迫っていたので、女二人は顔を見合わせながら、くすっと笑った。

彼は隣の部屋の鍵も開けた。キョウコの真上の部屋だ。造りは隣室と同じだが、ここの床の間はそのままになっていて、平たい活(い)け花用の花器と剣山(けんざん)が隅に置いてあった。それを見たとたん、キョウコは実家の母を思い出した。いくら娘である自分が目の上のたんこぶだからといって、大地震があっても連絡を拒絶する母っていったい何なのだろうか。まあ自分もそれを求めてないのだから、どっちもどっちかしらと、母親が見たら絶対に、

「趣味が悪いわねえ」

と悪態をつくであろう花器を眺めた。

チユキさんは雑誌類を抱えてうれしそうにしている。

「みんな金目のものは、さすがに置いていかないね」

おじさんは剣山が入った花器を手に、クマガイさんの上にあたる部屋の鍵を開けた。チ

ユキさんは部屋の鍵が開くたびに、うれしそうな顔をしている。どうしてそんなにと思う反面、それだけ純粋なのだなあと、その姿がまぶしくもあった。自分なんか結婚もせず子供も産んでないのに、世の中のすべてを知って、どこかふてぶてしくなってしまったような気がした。チユキさんみたいに純粋で素直に感情が表せるような人間になれるのだろうか。

「わあ、ここは特に明るいですねえ」

チユキさんはつま先立ちのまま窓に歩み寄った。キョウコはずっとつま先立ちを続ける筋力がなくなってきて、すでに足の裏の汚れはあきらめて、ぺたぺたと歩き回っていた。

「ここは隣の庭木が植わってないからね。ちょうど池があるところなんじゃないかな」

それを聞いたチユキさんは、手回し式の鍵をねじって開けはじめた。

「開けるの、気をつけてね。もしかしたら窓枠ごと下に落っこちるかもしれないから」

おじさんの言葉に笑いながら窓を開けた。幸い、窓枠は落ちなかった。

「ほんとだ、池がある。横から見るとお隣はずいぶん奥行きのある家ですねえ」

「そうなんだよ。通りの間口は狭いんだけどね。代々、大学の先生なんだよ」

チユキさんとキョウコはへええとうなずきながら、池の中の鯉らしき赤い柄の魚を、窓から身を乗り出して眺めた。家の表周りがブロック塀で囲まれていたためによくわからなかったが、庭のほうから見ると昭和のたたずまいを残した立派なお宅だった。

「チユキさん、興味あるでしょう」

「ありますよ。素敵なお宅。いい年頃の息子さんとかいませんか」

「うーん、残念だけど、お孫さんもいるご夫婦、二人しか住んでないね」

「そうですか」

　チユキさんが心底、残念そうな顔をした。

「クマガイさんがいたら、上から音がしてびっくりしてるかもしれないわね」

「本当、大丈夫だったかしら」

　耳をすませてみたが、人がいる気配はなかった。古い通気性のよすぎるアパートなので、人の体温まで感じ取れるのである。

「ここ、本当に素敵」

　下に降りる前にチユキさんは、タイル貼りの流しをさすっている。

「顔を洗うときに、ここ、使ってもいいよ。真っ赤っかの水が出てくるかもしれないけど」

「えー、それはちょっと嫌だなあ」

「探検した成果もあったんだから、それでよしとしましょうよ」

　三人はああだこうだといいながら下に降り、おじさんはチユキさんがはずした板を階段に立てかけ、

「あとでちゃんとした板で、固定しておくから」

といい残して、じゃあねと手を振って去っていった。チユキさんは二階から持ってきた雑誌類をずっと胸に抱えている。よほどうれしかったらしい。

「それを読むのが楽しみね」

「はい、雑誌はなかなか古本屋さんにもないし、あっても高かったりするので、とってもうれしいです。探検してよかったです。ありがとうございました」

チユキさんはまた深々と頭を下げて、室内に入っていこうとした。そのときふとキョウコは、

「この間、音楽を聴いていたでしょう。ピアノ曲のような……。あれって何かしら」

と聞いた。

「ピアノ曲……」

しばらくチユキさんは首をかしげ、

「ああ、マヘル・シャラル・ハシュ・バズですね。友だちがファンなので、CDを貸してくれたんです」

「あ、ああそう。ごめんなさい、急に。ちょっと気になったものだから」

「いいえ、それじゃ失礼します」

彼女は戸を閉めた。

「マヘル、シャハル？　ん？　シャハリ？　あれ、なんだっけ」

耳慣れない言葉は本当に覚えられなくなった。部屋の中に入ったキョウコは、苦笑いをしながら習慣のうがいをし、灰色に汚れた靴下を履き替え、刺しかけの刺繍布を開いた。遅々として進まないのは変わらない。でも、

「まだこれしかできていない」

とは感じなかった。花びらにとりかかって赤みが増えてきたからだろうか、ちょっぴりやる気が出てきた。

「ここだけにしておくか」

五〇センチ×九〇センチのタペストリーのはずが、三〇センチ角の壁掛けになりそうな気配だったが、サトコさんに勧められた通り、ポイントになる部分は何があっても絶対に刺し終えて、そのときの気分でそれを広げるか、それで終わりにするか考えようと思った。

慣れてきたのか、私ってどこか変？　と不安になるくらい指先がぷるぷると震えたのも収まり、肩の力も抜けてきた。やっぱり気を張り、緊張していたのだろう。それにしてもサトコさんのまるで予言者のような話には驚くばかりだった。初心者のキョウコの気持ちを恐ろしいほど見抜き、理解してくれて、図案を起こしてくれた。それも押しつけがましさなどみじんもなく、である。

「すごいなあ」

あれが大人の女性というものなのだと感嘆するしかなかった。それに比べて自分はいったいどうなのだろうと振り返った。クマガイさんも地に足がついているし、マユちゃんも家庭の問題やらモンスターペアレントやらに悩まされながら、きちんと仕事を続けている。サトコさんは専業主婦だけれど、きちんと家の仕事をし、プロはだしの趣味を持ち、見ず知らずのキョウコのために、親切に用具をすべて整えてくれた。

「私が彼女たちに返せるものって、あるのかしら」

彼女たちが見返りを期待しているわけでもないのだが、彼女たちに比べて、自分は女としても人間としても未熟のような気がしてきた。会社はやめちゃったし、結婚もしてないし、ただずっと毎日を過ごしているだけ。マユちゃんは、

「それがあなたの個性なんだから、他人の真似(まね)なんかしなくていいのよ」

といってくれたけれど、そんな個性を求めていいのかとも思う。

自分を否定すると、母親の考え方を肯定するようになるのが嫌だった。どこの誰が見ても、恥ずかしくない家族を作りたがった母。子供たちが偏差値の高い有名校に通う、何不自由ない生活。きっと父親が急逝したことで、その一角が崩れていったのだ。父が亡くなったので悲しいのではなく、自分のプライドの一角が崩れていった。母について考えると、反発するような思いしか浮かんでこない。妊娠、出産したときは喜んでくれたのだろうし、慈しんで育ててくれたのだとは思う。でも少しずつ彼女とは考え方の差が出てきて、結局

は勘当された。すでに母親とは没交渉なのだし、何をいわれているわけでもないのだから、思い出す必要などないのに、キョウコは思い出さなくてもいい、母親との喧嘩とか、むかつく態度が頭に浮かんでは、また腹を立てたりした。母との楽しかった思い出を探そうとしても、ほとんど浮かんでこなかった。家族でピクニックに行った楽しい思い出も、母が希望した学校に落ちたときに発せられた言葉で帳消しになった。どうしても不愉快な思い出のほうが上回るのだった。

「私って執念深いのかしら」

執念深いのならば、この刺繡にだってもっと執着していいはずなのに、すぐ、だめだ、できない、どうしよう、になってしまう。どうも母にこだわりすぎているのかもしれないと、キョウコは母が自分のことをそう思っているように、家族のなかにもう母はいないのだと思うようにした。それは確実に近い将来起こるけれど、自分も中年になると、

「私のほうが早いかも」

と思うようにもなった。

「まあ、なるようにしか、ならないわね」

気を取り直して針に糸を通した。淡いピンク色から濃いピンク、赤になると、ちゃんとやっているという気になって、テンションも上がってきた。コナツさんからもらった電気スタンドも大活躍してくれている。

「みんな、ありがたいなあ」

血がつながっていない周囲の人が、キョウコの母のようであった。

薄暗くなったのも気がつかないくらい、刺繍に没頭していると、携帯が鳴った。

「あ、キョウコちゃん。あたし」

姪のレイナだった。

「久しぶりねえ。元気にしてた？」

「うん、この間、風邪をひいて学校を休んじゃったけど、もう大丈夫」

レイナは中学二年生になっていた。スマホを買ってもらったので、電話をしたのだという。

「中学生でスマホなの。すごいわねえ。私なんかまだ昔のを使ってるわよ」

「えー、そうなんだ。でも大丈夫だよ。こうやって話もできるし」

無職の叔母に気を遣ってくれているらしい。

「みんな元気？」

「うん、元気にしてるよ。おばあちゃんはいろいろうるさいけど」

「うるさいって？」

「中学に入ったとたんに、将来はどうするのかとか、中高に比べて大学の偏差値が低いから、他の大学を受けたほうがいいんじゃないかとか、お父さんたちが何もいわないのに、おばあちゃんが一人で騒いでるの」

「それは大変だ」

「お兄ちゃんなんかもっとうるさくいわれてて、サッカーなんかやめろっていわれ続けてるの。この間なんかキレちゃって、『うるさいんだよ、ばばあは』って怒鳴りつけて、大騒ぎになったんだよ」

　子供だとばかり思っていた甥のケイも、納得できないときには反発するようになったらしい。ケイもレイナも有名私大と、その付属校に通っている。祖母である母は鼻高々だったのだろうが、どこからか大学の偏差値が落ちた情報を得て、あれやこれやと指図しはじめたのだろう。

「二人とも自分のやりたいようにすればいいのよ。おばあちゃんのいうことなんて、気にすることないわ」

「うん。そうだよね。とにかくうるさくてしつこいから、面倒くさい」

　母は孫たちによかれと思っていっているつもりだろうが、実際は自分のためだというのに気付いていない。自分の子供に押しつけたことを、今度は孫に押しつけはじめたのだ。娘が反抗したのに、自分の態度をこれっぽっちも反省しなかったのだろう。

「ケイちゃんにも適当に聞き流していってておいてね」

「うん、わかった。キョウコちゃんもうちに遊びに……。そうか、だめなんだっけね。また私が遊びに行くね」

「ありがとう。そのときはまた電話をちょうだいね」

「はーい」

電話が切れた。小学生の時に比べて、ずいぶんしっかりしてきたような気がする。世の中も大変だから、それなりに苦労はあるだろうが、可能性がたくさんある。自分がレイナと同じ年齢だったら、やり直したいことがたくさんあるなあと思いながら、そんなふうに考えたって、何にもならないのにと、キョウコは自嘲気味に笑った。

「私だって生きている限り可能性がないわけじゃないんだから、何かを見つけなくちゃ」

そう思った直後、あ、違うとあわてて訂正した。

「私は何かを見つけようとするのを、やめたのだった」

と思い出した。マユちゃんから、

「人間はもともと人が困っていれば助けようとするものだし、優しい気持ちがあるものだと思うよ」

といわれたことがある。キョウコが会社の人間関係に悩まされていると相談したときだった。

周囲の人たちの態度に憤慨していたので、

「物事が性善説だけで片付けられれば、そんなに楽な話はないけどね」

と反論したのだった。そのような考えの人だから、学校の先生も務まるのだろうとも思った。

キョウコは、生まれつき根性が悪く、他人の足を引っ張りたがる人もいると考えている。もちろん彼ら、彼女たちにもいいところはあるのだろうけれど、世の中、さまざまな人がいて成り立っているのだ。

キョウコは勤めているとき、そういった人たちとの人間関係に疲れてしまった。この企画から離れれば、少しは人間関係がましになるかと期待したのに、新しい企画がはじまると、またそこにも同じような人がいる。そこここにいるのである。鈍感で平気で嘘をつき、それでいて威張りたがり、やたらと自分だけ得をしたがる人たちには辟易した。そしてごく普通の感覚を持った人たちが、そういう人々にやられ、いつも苦労していた。そんな理不尽なと憤慨して家に帰ると、でんとすわったキョウコにとっては巨大な「理不尽」な存在がいる。若い頃は気持ちをふるいたたせ、買い物でうさを晴らしたりして、精神的に相手と闘ってきたが、もうそんな自分が嫌になってしまった。逃げという人がいるかもしれないが、もう闘うのはやめた。話してもわからない人が、世の中にはたくさんいる。

世の中の基本的な成り立ちからおりたくせに、可能性だの何だのといっている自分に、キョウコは呆れてしまった。自分がこういう生活を選んだのは、毎日、穏やかに人になるべく迷惑をかけず、納得して生きたいと思ったからだったのではないか。可能性があるということは、野心を持つことでもある。それは素晴らしいけれど、人によっては周囲の人間を踏みつけ、自分を目立たせ続けようとする場合もある。そういう人たちと関わるのは嫌だ。もっとひっそりと生きたかったのである。

「可能性なんていえる立場じゃないわよね。張り切ってはじめた刺繍だって、まだこれだけだものねえ」

キョウコは目の前の布を眺めながら苦笑いをした。どうもこの頃、苦笑いをする回数が多い。でも笑いが出る分、深刻に悩まないのが自分の利点なのだ。深刻に悩むのは会社をやめてから、こちらもやめてしまった。もともと性にあってなかったのだから。

晩ご飯には簡単にチーズとハムと野菜でサンドイッチを作って食べた後、マユちゃんに電話をした。

「だからあなたは、会社をやめてそういう生活をしても、まじめすぎるのよ。こうあらねばならぬって、いつも考えているんじゃない。せっかく何をしてもいい立場になっているんだから、気楽にしていればいいのよ」

クマガイさんにもそういわれた。

「当然よ。それがあなたのような生活をしている人の極意でしょう。なにか自分にはめられる枠みたいなものが欲しかったら、蟄居していると思ったら？」

蟄居なんて言葉は歴史の授業以来、久しぶりに聞いた。

「蟄居して何をするの」

「沈思黙考とか」

「だから考えはじめると、ろくな考えが浮かんでこないんだってば」

「ああ、そうか。それじゃあ、ろくな考えが浮かばないような本を、図書館から借りられるぎりぎりの冊数まで借りて、それを片っ端から読み倒す。疲れたらその合間に散歩に出かけるとか。散歩も一生懸命しちゃだめよ。公園でぼーっとしているのもいいかもしれないし。そして気分転換に刺繡をして、飽きたら本に戻る。期限までに読み切れなかった本があっても気にしないで返す。っていうのはどう？　枠があってないようなものじゃない？」

「ふーむ、なるほど」

「本がいくらでも読める環境なんて、うらやましいわ」

「そうよねえ」

　ちょっと気持ちが楽になってきた。しかし次の瞬間に、それはこれまで自分が人よりも優位に立てる部分がなかったのに、それがみつかったという卑しい根性だったのではないかと、また自分が嫌になってきた。それってまさに嫌っている母の姿と同じではないかという気がわき上がってきて、それをそのまま彼女にぶつけた。

「はあー、それは困りましたねえ。少しは自分を褒めてあげてもいいんじゃないの？　何をしたからとか、何をしてあげて喜ばれたというんじゃなくても、今日もつつがなく暮らせてよかったって、それだけで十分じゃないの。私なんかそう思いたくても、必ず一日にひとつはトラブルが起こるから、納得する日なんて、ほとんどないもの。でもあなたにはそれができるでしょう。お母さんと同じとか、それは考えなくてもいいわよ。誰だって完璧じゃないんだから」

そうだねと小さくつぶやいて、キョウコは電話を切った。本当はマユちゃんもサトコさんも大人の女性として素敵な人なのに、自分は全然そうじゃないと訴えたかったのだけれど、一喝されそうだったのでやめておいた。自分の思うようにならないので、何事についても考えすぎているのかもしれない。刺繍の布を広げると、青い布地の隅に緑色の葉があり、二枚の花びらが赤やピンク色に彩られている。ここまでしかできていないじゃなくて、ここまでできたと考えるようにしよう。そう考えられたときもあったのに、今日はどうかしてるのかなと思いながら、布をたたみベッドの中に入った。チユキさんの部屋からは、キョウコが覚えられなかった音楽が、小さな音でいつまでも聞こえてきていた。

マユちゃんには、何て素直なと驚かれるかもしれないが、キョウコは彼女にいわれた通り、図書館から二週間、借りられる限度の五冊の本を持ち帰り、ベッドの横に積んでおいた。仏教書、四、五年前のベストセラー、翻訳ミステリー、子供向きのパズルの本、旅行エッセイの五冊の背表紙をあらためて眺めると、一人で全部読むとは思えない。一人で家族の分をまとめて借りにきたのかといわれそうだった。それから仏教書を読んでは「なるほど」と感心したり、それに飽きると子供向けのパズルの本に四苦八苦したり、キョウコの頭の中はあっちへこっちへと動き回り、またそれにも飽きると、針を取って刺繍をはじめた。心なしか針足も揃ってきて、はじめたときよりもましになったような気がする。

「ここで欲を出して、やりすぎるからだめなのよね」

キョウコはほどほど、ほどほどと自分にいい聞かせ、あともうちょっとやろうかなというところでやめておいた。

そうすると不思議なことに、自分のふがいなさについて考えないようになった。まだできるのにその手前でやめておくと、がんばったのに結果はこれ？　と自己嫌悪に陥らなくなったのだ。気持ちのゆとりなのかもしれない。会社をやめて無職にはなったけれど、時間と精神的な余裕は得た。なのに自分で自分に枠を作り、精神的な余裕を無くしてしまいかけていたのだ。他人はどう思うかわからないが、自分はとても恵まれている。まず健康だし周囲の人だっていい人ばかりだし、嫌なことってあるかしら。キョウコは自問自答した。考えてみたらなかった。普通に暮らしていれば、嫌なことなどひとつもない。なのに自分が、母親との関係を思い出したり、他人と比較したりして、気になる問題を作りだしていたにすぎない。ややこしい問題を考えると頭が痛くなるくせに、勝手に自分でややこしい問題を頭の中で作り上げる。

「いいかげん、自覚しなくちゃね」

キョウコは、あーあと伸びをした。ややこしい問題はその問題が発生したら考えればよいのである。何もないのにわざわざ問題を発生させる必要なんてどこにもないのだ。

キョウコはまた本を手に取った。借りてきた初日なので、さあこれを読もうとマラソンのスタートに立って意気込んでいるわけではなく、どれから手をつけようかなと、ウォーミングアップをしているようなものである。翻訳ミステリーの主人公は女刑事である。きっと読みはじめたらわくわくするだろう。四、五年前のベストセラーは全国を放浪する男性の話。旅行エッセイはイタリアがテーマだ。文中の著者撮影の写真を眺めていたら、キョウコが昔訪れた場所の景色が写っていた。

会社が休みのときは、実家にはいたくないので、一人でも必ず旅行に出かけた。イタリアものの買い物は東京で山のようにしていたので、今回はのんびりしようと、ジェノバにあるポルトフィーノで過ごしたのだった。そこは風景の美しさと船が使える立地のよさから、ヨーロッパの大富豪たちの別荘が数多く建てられている場所でもあった。キョウコはそこに行ってひと目で気に入り、有名なホテル、スプレンディドに出向いて、テラスでお茶を飲みながら港を眺めたり、人を怖(おそ)れずに飛んでくる野鳥を眺めたりしていた。結構な給料をもらっていたから、問題の母親がいるのも我慢して実家に居続けていたら、中年になったら相当の金額が貯(た)まるだろう。そうしたらそれを持って、ここに住みたいとすら思ったのだった。

しかし日本に戻って仕事がはじまると、そんなことも忘れてしまい、いつの間にかポルトフィーノ暮らしも夢と消えた。今でも住めるのならば住みたいけれど、大富豪でもないし、第一、無職なのである。今はどうなっているかはわからないけれど、日本のような急激な変化はないだろう。懐かしさでいっぱいになりながら写真を見ては、

「ここ、行ったわあ」

と思い出にひたっていた。

それに飽きるとまた刺繍である。同じカメラを使っていても、同じアングルで対象物をプロが撮ったのと素人が撮ったのとでは、明らかに違うように、刺繍も同じ図案、同じ針と糸を使っても、刺す人によって出来上がりに差があるのに違いない。

「気にしない、気にしない。誰かと比較するわけでもなし」

日によっては、こんな針目は不格好なんじゃないだろうか、いつになったら上手になるのかと自分に呆れたりもしたが、もうそんなふうに考えるのはやめた。上手になるように努力はするけれど、それは誰かと比較するためではない。自分の心のなかに納めていればいいのだ。

花びらが重なった花の形が整ってくると、気分も高揚してきた。花の中央には雄蕊（おしべ）があり、周囲の雌蕊（めしべ）の頭は黄金色でフレンチナッツステッチをするのだが、それは最後の大ト

リの仕事なので後回しである。とにかく一枚一枚の花びらのグラデーションがうまく刺せるように注意しながら、ほどほどのところでやめるのを繰り返した。

二週間後、花の周辺の茎や葉も刺し終わり、サトコさんから、途中で気が萎えたらここでやめてOKといわれた部分を刺し終わった。

「やったー」

両手で布を広げて掲げてみると、その部分だけとても美しい。

「やったわ」

部分的にでも刺し上がったのがうれしくて、キョウコは思わずチユキさんの部屋の戸をノックした。あ、しまったと気付いたときにはもう遅く、

「はあい」

と声がして戸が開いた。

「あ、あの、あの、ごめんなさい、突然に。あのう、ちょっとだけ刺繍が仕上がって、うれしくなっちゃったものだから、つい、見せたくなっちゃって……」

キョウコは顔を真っ赤にしてうつむいた。何て恥ずかしいことをしてしまったんだろう。いくら年齢が若いといったって、彼女は美大を卒業している。審美眼は自分以上のはずなのに、手慰みの刺繍なんか見せようとするなんて……などという後悔が、ものすごい勢いで頭の中で駆け巡り、その場に消え入りたくなった。そんな後悔を知るはずもないチユキ

さんは、

「わあ、すごい。ぜひ拝見させてください」

と手にした雑誌を畳の上に置いて、キョウコを室内に招き入れた。畳の上にはちゃぶ台が置いてあり、音楽がかかっている。

「これは……」

と声をかけると、

「そうです、マヘル・シャラル・ハシュ・バズです」

やっぱり覚えられなかった。

「ごめんなさいね、お恥ずかしい。あなたの都合も考えなくて」

「大丈夫ですよ。私が都合の悪いときなんてないですから」

骨董品なのかかわいい小ぶりの湯飲み茶碗に、おそろいの急須で緑茶を淹れてくれた。

キョウコが躊躇するのを助けるように、

「見せてくれませんか、私楽しみにしていたんです」

といってくれた。キョウコは、

「全部できたわけじゃなくてね、あのちょっとだけなんだけど、まあひと区切りかなっていう感じで……」

と身を縮めながら布を開いて見せると、チユキさんは、

「まあ、素敵、私がこういうのも失礼ですけど、きれいにできているじゃないですか。やっぱり刺繍って素敵ですね。ここ、なんでふっくらしてるんですか」

長い指のきれいな楕円形の爪で、葉や花びらのふくらんだ部分を指差したので、そこは差す前に下刺しというものをするのだと説明すると、

「へええ、だからボリュームが出るんですね。立体的になって本当に素敵。これ全部、刺すんですすよね」

にっこり笑ったチユキさんに見つめられたキョウコは、

「それが、どうしようか迷ってるの。それまでほとんど刺繍なんかしたこともないド素人だから、これだけ刺すのも精一杯で。図案を作ってくれた人が、ここだけでカットしても、なんとかまとまるようにしてくれたんだけど。悩んでるのよ」

「えー、絶対に仕上げるべきですよ。だってこの部分だけでこんなに素敵なんだもの。世界に一枚しかないんですよ、これ。小さくしちゃうのなんて、もったいなーい。最初はド素人でも刺せば刺すほど、慣れて上手になるでしょう。そうしたら素敵な部分がもっと多くなるじゃないですか。もったいなーい」

チユキさんが何度も、もったいないを繰り返すので、キョウコもだんだんそんな気になってきた。

「ここだけでもね、壁に掛けるとそれなりにいいんだけど」

「だめです！」

チユキさんは首を横に振った。後ろでひと束に結んだまっすぐな長い髪が、はらりと揺れた。

「ここでカットしちゃったら、元に戻せないですよ。また思い直して残った分を刺したとしても、バランスが悪くないですか。やっぱりこれはこの大きさじゃないともったいないです」

「たしかに」

ほとんどチユキさんに押し切られる感じで、刺繍作業は継続される方向になった。

「出来上がったら素敵ですねえ。宝物ですね。素晴らしい」

お世辞でも何でもなく、チユキさんは胸の前で手を組んで、身をよじった。

「そう？　ありがとう。じゃあ、がんばってみるわ」

「ぜひそうしてください。陰ながら応援していますから」

キョウコは突然に見せびらかしに来た図々しさを詫び、しゅーっと部屋に戻った。

「ああ、どうしてあんなことしちゃったんだろう。うれしがって人に見せるなんて、子供みたい」

恥・ず・か・し・いと書かれた大きな緞帳（どんちょう）が、目の前にどーんと落とされたような気持ちになりながら、キョウコは部屋の中でため息をついた。そうなりながらも、どこか高揚していた。褒められたのがやっぱりうれしかった。もう一度、布を広げて眺めると、チユキさんのいった通り、ここだけをカットしてしまうのはもったいないように思えた。サトコさんが厚意で道具を調達してくれたのに、ここでやめてしまったら、図案が描かれた布も、たっぷり用意してくれた、かせになった刺繍糸も無駄になってしまう。

「わかりました」

この刺繍の部分が、布地を埋め尽くし、五〇×九〇センチの大きさになるのを想像して、キョウコは布をたたんでカットをするのはやめ、無理はしないで続けていくと決めた。

レイナがキョウコちゃんに電話をしたと父親に話をしたのか、久しぶりに兄から電話がかかってきた。

「元気そうだったっていってたから、安心したよ」

「うん、元気よ。風邪もひかないし」

「そうか」

普通は親も元気だという会話が続くのだが、ここではその話は出ない。母がキョウコの話をしないのはわかりきっていた。会話が続かなくなったので何か話さなくてはと、キョウコは、

「レイナちゃんも大人になったわねえ。前からしっかりしてたけど、中学生になったら落ち着いてきた感じがしたわ」

と姪を褒めた。

「そうなんだよ。何だか近寄り難くて、おれなんか遠くから眺めている感じなんだ」

「年頃の娘を持つ父親って、それでいいんじゃないの。べたべたするとそっちのほうが変よ」

「そうだよな。照れくさいっていうのもあるし」

「ケイちゃんは……」

キョウコが名前を出すと、それを遮るように、兄が、

「ケイがなあ、反抗期はあるのは当たり前なんだけど、ばあさんと険悪な雰囲気になっちゃって」

「うん、レイナちゃんがちょっといってた」

「おれたちは彼がやりたいようにすればいいと思ってるんだけど、ばあさんがうるさくて。いくらおれが『ケイが困ったときに手助けをするのがおれたちなんだから、何でもかんでも指図をするな』っていっても、聞かないんだよな。自分は子供を二人育てたんだから、間違いがないとかいって。ケイがばあさんと一緒に外に出るのを嫌がるようになったから、誕生日会もやってないよ」

呼ばれないのだと思っていたら、会自体が開かれなくなっていたのだ。

「子供を二人育てたっていったって、そのうちの一人は育て方を間違ってるのにね」

キョウコはふふっと笑った。

「あの人は自分のやったことに間違いはないっていう性格だからね。孫といったって他人だろ。枠にはめたがるのがわからないな」

「よくお兄さんは反発もせずに、お母さんの希望通りのコースを歩いてきたわね」

「今から思えば忸怩（じくじ）たる思いもあるけどね。母親が喜んでくれるのがうれしかったのかもしれないし、そんなものかと思っていたのかもしれないな」

「まあお兄さんは優秀だったから、お母さんがお尻を叩かなくても、その通りになったわよ」

「いいんだか悪いんだかね。自分がこんなふうだから、ケイを見ていてどう対処していいか、よくわからないところもあるんだよ。だけど自分が間に入って守ってやらなかったら、ケイがかわいそうだから」

「当然よ」

「あの人の性格はもう変わらないから、それをどうやってかわしていくかっていうのが、これからの課題だな」

「レイナちゃんもちょっと困ってたしね」

「ああ、進学の話ね。それもいつも食事の時間にするものだから、最近、飯を食べたのか食べてないのか、わからなくなってきたよ」

「あれはあの人の癖なのよ。必ず食事時に不愉快な話題を持ち出すんだから」

母親にされた数々の記憶がぬっと出てきそうになったが、それに蓋をしてキョウコは兄にいった。

「同じ家に住んでいると大変よね。カナコさんもよくやっていると思うわ。ストレスも溜まっているんじゃないかしら」

「そうなんだよ。ここ何年か体調があまりよくなくてね。検査をしても何ともないから、精神的なものだと思うんだけど。ばあさんはいい顔をしなかったけど、外に出た方がいいからって、なるべく気分転換をさせてるんだ。でもそれでまたばあさんが文句をいうから。難しいよ」

兄妹二人で、

「どうしてあんな人なのかねえ」

とため息まじりの言葉をいい、久しぶりの会話は終わった。ここしばらくは、母親の迷惑な口出しは続くだろう。でもキョウコにはそれに立ち入る権利もないし、意思もない。なんとかトラブルが起きないようにして欲しいと願うばかりだった。

刺繡も少しずつ再開し、適度に本を読み、散歩をしていると、マイナスな考えがほとんど浮かばなくなってきた。朝六時、たまには早朝に散歩に行ってみようと部屋の外に出たら、共同トイレの前でクマガイさんに会った。

「二階のところ、どうしたの？　立派なドアがついちゃったけど」

「ドアですか?」

二人でその場に行って階段を見上げたら、階段の途中にしっかりとした板が取り付けてあったが、よく見るとドアノブがついたままだった。取り壊された家から持ってきたものを打ち付けたのだろうか。キョウコがチユキさんたちと二階に上がった話をすると、クマガイさんは少し驚いていた。

「好奇心旺盛(おうせい)なのね」

「チユキさんはお宝を見つけて、喜んでいましたよ」

「へえ、何があったの」

キョウコが状況を説明すると、あの部屋にはまじめそうな男性会社員が住んでいたとか、花器のあった部屋には、年配の一人暮らしのご婦人が住んでいたのだと教えてくれた。

「それにタイルの流しがとても気に入ったらしくて」

「昔はどこでもああいう流しだったけどね。若い人には珍しいのね」

とうなずいていた。

「それにしても、不動産屋のおじさん、ずいぶん強引にドアを打ち付けたわよね」

感心しながらトイレットペーパーを手に、彼女はトイレに入っていった。

外を歩いていると、まだ駅に急ぐ人たちの数は少ない。それよりもイヌを連れて散歩をしている人たちのほうが目立つ。杖(つえ)をついた老夫婦が支え合って散歩している姿も多い。

自分もいつかはああなるのだなあと、彼らの姿を見ながら漠然とキョウコは考えた。そのとき私はどこに住んで、どうなっているのだろうか。きっとれんげ荘はなくなっているだろう。いつ、どこに移り住むのだろうか。心配してもきりがない。考えようにも何の手立てもない。それだったらのんびり歩くのを優先しようと、キョウコはすり寄ってくるイヌの相手をし、よその家の庭に咲いている花を眺めながら、歩いて十五分ほどの公園に行った。

二脚あるうちのひとつのベンチがチワワとポメラニアンを連れた、キョウコと同じくらいの年齢の女性二人に占領されていた。ちょっと派手目の服装で、女度が高い人たちらしい。隣のベンチに座ると、彼女たちは手ぶらで歩いてきたキョウコにちらりと目を向けたものの、また話をはじめた。聞くとはなしに聞いていると、内容はお金の話ばかりだった。それも近所の人の資産がどれくらいありそうだとか、あの家の奥さんは、一人暮らしのおばあさんの面倒を見た見返りに、相当なお金をもらったらしいという噂話。今住んでいる家の地価が気になって仕方がない、手放したほうがいいのか、所有していたほうがいいのか。なるべく出費は抑えて手持ちのお金を増やす努力をするべきだ。それについては……と情報交換をしているのだった。二人は話が途切れるごとに、

「やっぱりお金がなくっちゃねえ」

とうなずき合っている。

「歳を取ってお金がないほど、不幸なことはないわよねえ」

二人は何度もそういっていた。なるほどねとキョウコは話を聞いていた。そういう人たちがいるのも当然だ。でも私はそうではない。

「うーん」

ベンチに座ったまま、手を上に挙げ背伸びをしたら、思わず声が出た。彼女たちはびっくりしてキョウコを見ている。キョウコはそちらのほうには目を向けずに、まっすぐ前を向いて二、三度、深呼吸をした。木々に囲まれて澄んだ空気が体の中に入ってくる。ああ、私って幸せと思った。マユちゃん、サトコさん、クマガイさん、チユキさん、あまり接触はないけど、電気スタンドをくれたコナツさん。不動産屋のおじさん。母を除いた兄一家。みんな、こんな私に親切にしてくれてありがとうと、あらためて御礼をいいたくなった。

「よしっ」

気合いをいれて勢いよくベンチから立ち上がると、隣のベンチの彼女たちは、わっと驚き、びっくりした表情でキョウコを見、足元にいたイヌたちのリードをぐっと引いた。

(明らかに不審者だわね、私)

公園を出るときに、ちらっと横目で見ると、二人は連れていたイヌをそれぞれの胸に抱きかかえて、怯(おび)えた表情をしていた。その顔つきがおかしくて、キョウコは歩きながら笑ってしまった。そしていつもネコたちに会える、住宅地の奥のネコだまりの空き地まで歩いていった。

ハルキ文庫

働(はたら)かないの れんげ荘物語(そうものがたり)

著者 群(むれ) ようこ

2015年8月18日第一刷発行

発行者 角川春樹

発行所 株式会社角川春樹事務所
〒102-0074 東京都千代田区九段南2-1-30 イタリア文化会館

電話 03(3263)5247(編集)
03(3263)5881(営業)

印刷・製本 中央精版印刷株式会社

フォーマット・デザイン 芦澤泰偉
表紙イラストレーション 門坂 流

ISBN978-4-7584-3937-4 C0193 ©2015 Yôko Mure Printed in Japan
http://www.kadokawaharuki.co.jp/[営業]
fanmail@kadokawaharuki.co.jp[編集]　ご意見・ご感想をお寄せください。